U0928167

创意写作书系

好剧本如何讲故事

THE SCREENWRITING FORMULA
WHY IT WORKS AND HOW TO USE IT

罗伯·托宾（Rob Tobin） 著
李子 译

中国人民大学出版社
·北京·

“创意写作书系”顾问委员会

编辑手记

2012年，中国电影票房总计27亿美元，超过日本跃居世界第二高票房总额。2013年，中国电影票房达到36亿美元。2014年达到47亿美元，相比2013年仍保持高速增长。

以上数字是令人兴奋的。近年来，中国步入电影产业高速发展时期，伴随着国家与地方对文化产业的扶持、各投资方资金涌入、产业整体人员与技术等水平不断提高，国产影片票房不断刷新纪录，票房总值也在迅猛增加。电影产业作为文化产业的一个重要组成部分，正在经济、文化等领域发挥越来越大的作用。与此同时，我们看到，作为电影产业第一大国美国，它的票房仍是中国的数倍，而其中大部分收入则来源于海外市场。在国内，扶持与鼓励国产影片的大环境下，引进大片仍然票房排名很高，让人不得不感叹好莱坞模式的成功。一部好的影视剧与资金投入、编导队伍、技术支持等各个环节都密不可分，而作为其创意环节最基础的一部分，剧本，则在很大程度上决定了一部影片的质量以及成功机会的大小。好莱坞模式经过无数人多年打磨，已经取得极大成功，这一模式体现在剧本创作上尤为突出。

伴随电影产业的迅猛发展，国内已经引进许多介绍国外、特别是好莱坞电影剧本创作经验的作品，比如编剧的《圣经》级作品《故事》、提出“三幕剧”结构剧本创作模式的悉德·菲尔德的著作等。在中国电影业快速发展的今天，这些经典作品的引入对从业者具有很好的指导作用。无论好莱坞模式能否完全契合中国的环境，借鉴他国成功经验、在探索的道路上少走弯路都是十分必要的。

人大出版社在推出“创意写作书系”之后，一直把影视剧本创作纳入视野之内，曾翻译引进一些适合影视编剧阅读的参考书，比如《开始写吧！——影视剧本创作》、《情节！情节！——通过人物、悬念与冲突赋予故事生命力》、《故事工程——掌握成功写作的六大核心技能》、《写好前五十页》等，其中《开始写吧！》汇集近百位金牌编剧、剧本写作教师的创作经验与练习，推出后获得读者广泛好评。此书切合“创意写作书系”侧重创作实践和写作练习的一贯思路，因其独特的编排体例和颇具启发性的内容获得电影界诸多同仁的推荐。另外几本也在情节、人物、故事结构、开篇等不同角度，对包括剧本创作在内的故事写作做了深入探索。

本书——《好剧本如何讲故事》——是一本极其精练的剧本创作指导，它去繁化简，将剧本获得成功的最关键要素总结为一条公式，在此基础上列举百余部影视作品，分析它们的成功与失败之处。比如对故事的七大要素的总结、对主观和客观两个旅程的分析、对主角在自身弱点和改变人生的事件带来的机会之间的抉择、对情节概要的要求、对怎样创作高概念电影的论述，都在不长的篇幅内作出深入的论述。作者罗伯·托宾有着丰富的剧本创作与修改经验，是一位优秀的剧本医生，审阅过 5 000 多部剧本，可谓这一行的行家里手。他总结的经验既适合有一定编剧基础的读者阅读，帮助提高自身编剧技能；也适合初涉编剧行业的读者学习，因其文风清新明了，极其好读，指导性又极强。书中提及的百余部影视作品大多为中国读者耳熟能详，在评论这些作品时，其观点之新颖不禁令人拍案。

当然，在大规模引进好莱坞模式之前，我国也出产过诸多优秀影片，比如《红高粱》、《霸王别姬》等，而一些著名导演在近年来影视产业不断发展成熟的情况下作品水准反而颇受争议，这一现象也值得深思。一方面，方法本身没有错，而是我们在中国土壤上的培植过程与心态需要调整。另一方面，是我们对剧本创作的重视不够，说到底，故事才是电影最基础的要素。尽管当下关于影视创作的图书品种繁多，我们在参考的时候亦须批判性地加以借鉴，并在快速发展的过程中，不断总结、提高自身素养。

为了方便阅读，本书编者将书中出现的主要影视作品中英文译名整理并集中列出，作为附录附在书后，供读者参考。此外，作者在书中提及的关于字数、剧本页数的内容，均为英语创作的情形，在阅读过程中请读者参考。希望本书的出版能为国内编剧从业人员带来新的启发，帮助他们创作出更多优秀的影视作品。

杜俊红

译者序

剧本创作到底有无规律可循？是否存在一定的标准？能否找出快速有效的方法来指导剧本写作？对于这些问题，罗伯·托宾的回答是："Yes!"

本书是电影剧本创作的一部实用宝典。作者罗伯·托宾是剧作家、小说家，曾任动作片的项目开发总监，出版过两本剧本写作方面的畅销书，此书便是其中之一。担任项目开发总监的经历，使他有机会翻阅过 5 000 余部剧本，对优秀剧本的标准如数家珍；而剧作家、小说家的身份又令其深谙写作之道，并对于如何创作优秀剧本有深入的思考和独特的认识。这些在实践中总结得出的丰富经验，被作者集于一册，呈现给广大电影从业人员和剧作爱好者，以期大家通过阅读此书，能够了解剧本创作的准则和技巧，以及如何遵循这些准则、利用这些技巧来创作出结构完美、对白可信、角色丰满、主题深刻的电影剧本。

有别于其他有关剧本创作的理论书籍和操作指南，此书篇幅短小、内容精练、文字简洁，没有过多的分析阐释或交代铺垫，作者开门见山、直截了当地将最为核心的观点呈现出来，希望读者能够迅速完成阅读并尽快在实践中加以运用，具有强烈的实用主义色彩。

本书分为三大部分。第一部分提出了故事应包含的七大要素——主角、主角的性格缺陷、有利的故事环境、反面角色、主角的盟友、改变人生的事件以及危机；第二部分进一步讨论剧本的结构，以及故事在三幕中分别要呈现的基本内容；第三部分则站在更为宏观的角度，谈论了情节概要、故事大纲以及不同类型电影剧本的特点。这三部分由小到大，从局部到整体，层层递进。此种架构方式，仿佛采用了一个包含升、拉、摇、移等运动方式的综合性镜头，以特写开始，逐渐变化为中景、全景，带领观众（读者）一览剧本创作的脏腑、骨骼和全貌。

秉承易读和实用的原则，作者在讲述剧本创作各项基本准则时，不仅通过大量列举著名影片中的相关内容来帮助读者理解，还手把手地带领大家进行了一次创作实验：在每一章的末尾，都根据当节所介绍的故事要素和结构要素等内容，试着来为一个全新的故事进行相关设定，每讲述一章，这个故事就丰满一些，结构就完善一些，最终在本书结尾时搭建起一个完整的剧本。如此一来，作者不仅向大家展示了依据书中所述原则和技巧来进行剧本创作的可行性，同时还给读者上了一堂剧本写作训练课，使我们直接地了解到如何利用此秘籍进行创作，从而更快地将其中各项绝招学为己用，作为闯荡电影江湖的制胜法宝。

罗伯·托宾认为，剧本就像是一个“酒杯”，而作家的创意、信息、观点是“酒”。“一个构造合理的‘酒杯’（剧本）可以将作家的‘酒’（创意、信息、观点等）送达给他/她的读者……但是如果没有某种容器盛装美酒，让我们饮用，再绝好的佳酿也没有意义。”酒杯的形状大小可以各不相同，但必须符合容器的基本构造，才能具备盛载的功能，否则即便造型再独特、材质再稀有、工艺再精美，只能落得个“玉卮无当，虽宝非用”。此书中所讲述的各项准则，便是保证剧作家制造“酒杯”时有法可循、有规可依，使其不仅中看，而且中用。

准则也好、秘籍也罢，并非一蹴而就的取巧捷径，抑或一成不变的万能套路，而是本质和规律，归根结底是在对电影这一艺术形式的本质特征进行深入分析、对受众审美心理的透彻洞察以及对写作规律的清晰认识的基础之上，进一步总结提炼出的基本原则，也就是剧本创作之“道”。了解、掌握并在创作中遵循这一具有普适性的“道”，保证电影剧本不偏离正确的方向，仅是第一步，之后还要加入创作者独有的灵感和创意、表达风格、思想理念，从而实现“道生一、一生二、二生三、三生万物”，创作出丰富多样、类型各异、五彩斑斓的优秀电影艺术作品，生发出无限可能。

作为译者，我们希望通过此书的翻译，将来自好莱坞的优秀经验介绍给中国读者，以期对我国从事剧本创作的专业人士和爱好者提供些许启发和借鉴。广东财经大学外国语学院英语语言文学专业研究生魏小杰全程参与了本书的翻译工作，在此特对其所付出的辛勤劳动表示感谢！受水平所限，译文中若有不当之处，敬请读者赐教。

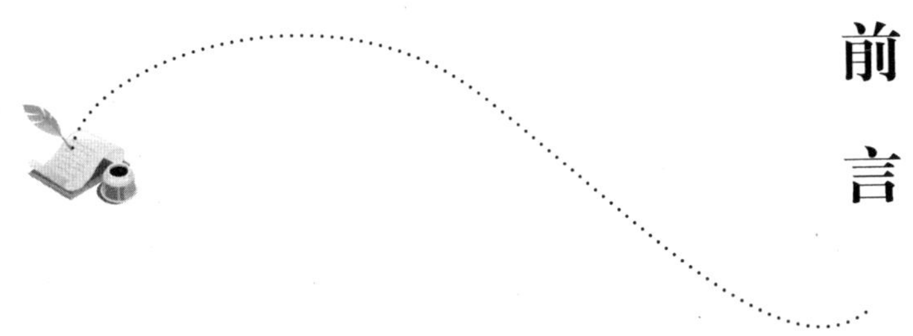

前言

如果简洁是智慧的灵魂，那么今晚我们将睿智无比。

——比利·克里斯托[1]，奥斯卡奖主持人

要展示，不要叙述。

——优秀剧本的准则

本书的书名已经清楚说明了：剧本创作有其准则，一个在好莱坞历史上几乎所有成功电影的创作都使用过的准则。本书将告诉你这一准则是什么，以及如何使用它来创作出结构完美、对白可信、角色丰满、主题深刻、能够长久留存在读者和观众脑海中的故事。

你会注意到这本书相对而言篇幅较短，这是由于本书旨在使你尽快写作。事实上，我建议你跳过简介直接阅读第1章，以便你可以立刻开始学习这些方法，并在实践中应用它们。

同时，依照比利·克里斯托的精神，让我们睿智起来，言归

---

① 比利·克里斯托（Billy Crystal），1948年出生，是一名金球奖提名、艾美奖获奖的美国演员、剧作家、电影监制和导演，代表作包括《当哈利遇上莎莉》和《城市滑头》。同时他也是美国金牌脱口秀节目主持人，并且担任过九届奥斯卡金像奖颁奖典礼的主持人。——译者注。本书脚注除特别说明均为译者注。

正传。

在我们真正开始之前还有一些事情（对不起，比利）：制作一部剧情片是人类最美妙的成就之一，需要成百上千名专业人士，各种卓越的创意、技术人才参与其中，还有令人难以置信的电脑特效，上百万、千万甚至上亿美元的投入，以及媲美人类历史上最伟大工程的时间和资源。

看看《指环王》三部曲，然后想象一下，人们是如何通过一个个镜头的拍摄然后将其搬上银幕的。或者是由马修·布罗德里克[①]主演的1998年美国版《哥斯拉》。就品质而言，它并非一部合格的电影，也已经被评论家们批评得体无完肤，然而请看看这部片子，并试想即便是这样一部影片，要将其制作完成，需要花费多少努力。答案是令人吃惊的。

在本书中，当我批评一部电影时，我是在批评其拙劣的创作，批评其制片人选择了、编剧创作了一个糟糕的剧本，剧本医生改写了一个糟糕的剧本并仍使其保持糟糕的状态，甚至是导演过于忽视故事因而没有选择更好的剧本来拍摄。

拍摄电影就像建造摩天大楼。一座摩天大楼也许最终被建造成一个无趣、丑陋、多层的庞然大物，但仍需要巨大的技巧和多方的共同努力，才能够完成这个高达70层的丑陋建筑。

故事片也一样。即便是剧本不佳的电影，也需要经过数量巨大、甚至不可思议的工作、技巧、抱负、经历、时间、对细节的专注、心血、汗水、眼泪、挫败乃至心碎，才能够登上银幕。

我要向有勇气尝试制作电影的人们致以崇高的敬意。并且，我建议他们在制作下一部电影之前阅读此书。因为正如奥利弗·斯通[②]所

---

① 马修·布罗德里克（Matthew Broderick），1962年出生，导演、演员，于1998年主演了动作特效大片《哥斯拉》。

② 即威廉·奥利弗·斯通（William Oliver Stone），1946年出生，美国电影导演和编剧，同时还是一名演员。其电影多是政治或战争题材，其中《野战排》、《刺杀肯尼迪》、《天生杀人狂》等都是公认的佳作。他的《野战排》、《生于七月四日》、《天与地》三部越战题材的作品被誉为“越战三部曲”。

说："你可以由一个好剧本拍出一部烂电影，但却不能由一个烂剧本拍出一部好电影。"

请享受阅读此书的过程，并使用书中提到的工具和技巧。祝你们都能创作出优秀的剧本！

罗伯·托宾

加州亨廷顿海滩

2007 年 6 月

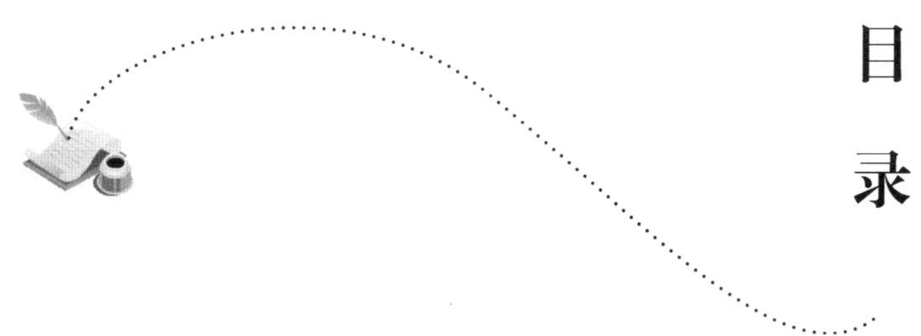

目录

第三部分 全局

简介　创作准则的力量

他的创作有固定套路。

电视节目刻板老套，再没有值得一看的内容了。

那部电影剧情俗套。

下一次如果有人评价你的作品落入窠臼，要感谢他们，并告诉他们去买这本书。

当“套路”运用到艺术领域，特别是写作艺术中，这个词就变成了贬义词。但是，如果有人送给你点石成金的秘籍，你难道会不接受吗？抑或，你会自命清高地宣布不屑于用这一秘籍制造黄金吗？

对于那些会拒绝黄金的读者，我建议你们迅速返回书店，将此书退掉。本书专门介绍如何使用秘籍和套路制造各种“黄金”——既是喻指又是实指。

剧本创作有一定的准则。大多数名利双收的剧本都灵活地运用了这一准则。如果你也想获得剧本创作的成功，无论在艺术层面或是商业层面，你要做的第一步就是了解这个准则，反复地学习，然后将其与自己独特的表达、风格、个性、目标以及理念结合在一起。

这一准则包括了解剧本的基本要素以及如何运用这些要素。一部剧本由七大基本故事要素构成。这七大要素包括：

1. 主角
2. 主角的性格缺陷
3. 有利的故事环境
4. 反面角色
5. 主角的盟友
6. 改变人生的事件
7. 危险

这七大要素连同特定的结构要素构成了剧本创作的准则。我们会在接下来的章节中讨论这些要素的具体内容以及运用方法。

改变常规

你可以改变这个准则或者随意摆弄它，甚至完全无视它吗？答案全部是肯定的，只不过得到的结果不尽相同，这全由你们的写作技巧决定。

任何艺术界的大师们都可以无视规则，或者基于他们的才智开创新规则，比如毕加索、斯特拉文斯基①、海明威、塞缪尔·贝克特、查理·考夫曼②等。但对于普罗大众而言，表达各自的思想个性的程式化写作可能是成功的钥匙。

本书将提供你需要了解的所有要素，以帮助你创作出情节生动、结构完整的剧本。

---

① 斯特拉文斯基（Igor Fedorovitch Stravinsky），1882 年出生，美籍俄裔作曲家、指挥家和钢琴家，西方现代派音乐的重要人物。代表作有《彼得鲁什卡》、《火鸟》组曲、芭蕾舞剧《春之祭》。

② 查理·考夫曼（Charlie Kaufman），1958 年出生，是一名美国编剧、监制及导演，曾多次入围大型影视奖项的最佳原创剧本奖或改编剧本奖，更于 2003 年凭《美丽心灵的永恒阳光》赢得奥斯卡金像奖最佳原创剧本奖。代表作有《傀儡人生》、《改编剧本》及《美丽心灵的永恒阳光》。

烂剧本卖座

如前所述，有许多糟糕的剧本被拍成电影，其中一些票房很不错，有些甚至是大卖。1997 年的电影《泰坦尼克号》的剧本很差劲，连奥斯卡提名都没有得到。即便如此，电影本身还是在全球赢得了高达 20 多亿美元的票房，包揽了 11 个奥斯卡奖项。

然而，除非你拥有 2.5 亿美元的预算，由詹姆斯·卡梅隆担任导演，莱昂纳多·迪卡普里奥领衔主演，否则，确保你的剧本尽可能写到最好才是吸引读者和电影制片人的最佳方式。

烂片没有套路——这才是问题所在！

人们称之为“俗套”的电影和电视节目，大部分并没有真正遵从本书提及的套路。事实上，它们没有遵从任何套路的趋向。

《泰坦尼克号》、《哈德森之鹰》、《伊斯达》[①] 等备受诟病的剧本，在主角、反面角色、主角的盟友、主角的性格缺陷、人生转折点、个人故事情节以及决战场景等几个方面，即本书涉及的所有要素，都做得相当糟糕。

因此，如果有人称一部电影“俗套”，你就可以回应道：“不，你错了。如果它遵从了某种套路，反倒可能变成一部好片子。”

问题或许在于，人们（包括电影制作人在内）都把剧本创作看做是一种类似于雕塑和绘画的艺术。然而事实是，比起绘画，剧本创作更类似于建筑艺术。建筑融合了科学与艺术，使得呆板的结构与灵活

---

① 《伊斯达》(*Ishtar*)，美国喜剧、冒险片、音乐电影，由伊莱恩·梅导演，沃伦·比蒂、伊莎贝拉·阿佳妮等主演，讲述一对时运不济的歌手兼作曲家查克和李，为求最后一线生机，接了非洲内陆某城市的登台合约，途中，查克伸出援手帮助一位美丽的革命分子席拉，不料就此卷入一场充满惊险和离奇的冒险。

的线条得以协调，美观和实用、风格和构造得以并存。呆板与灵活结合，美观与实用并存，风格与构造同行，这正是一部好的剧作应该具备的特点。若剧作不能满足这些方面，就很可能是部失败的作品。

这样说吧，一部剧本就好比一个酒杯，当然也包括杯中之物，不论它是陈年佳酿还是廉价酒水。虽然人们饮用的是杯中酒，但是喝酒用到的却是酒杯。没有酒杯，酒就会洒落在地板上，无法让人喝到。酒杯就是构造，酒就是创造力——你的创意。

杯子有各式各样的形状、大小和颜色，然而要发挥作用，却必须满足一些最起码的要求。例如，边缘向下倾斜的杯子可能无法很好地装酒；杯壁和底部有孔洞的杯子不能盛装任何液体。故事结构同样如此：你有足够空间构思创作，但必须符合一些基本要求。

一个构造合理的“酒杯”（剧本）可以将作家的“酒”（创意、信息、观点等）送达给他/她的读者。如何制作出美酒是由作家决定的。但是如果没有某种容器盛装美酒，让我们饮用，再绝好的佳酿也没有意义。

世界上最壮观新颖、别具一格的建筑是根据科学的构造设计修建而成的。同样，即使是最狂放的电影仍来自于精心设计的情节结构。

故事结构有套路。如果要成功地支撑你的故事，最好遵循特定的套路。即便是弗兰克·劳埃德·赖特[①]设计的最为奇特的房子仍是由普通的构架建成：宽 4 英尺厚 2 英尺的木材，特定（老套）式样的木质横梁，相距数英寸的大头钉，以及许许多多钉子、接缝、托梁。即便是查理·考夫曼最奇幻的故事《美丽心灵的永恒阳光》[②] 或《改编

---

① 弗兰克·劳埃德·赖特（Frank Lloyd Wright），1867—1959 年，美国一位最重要的建筑师，在世界上享有盛誉。他设计的许多建筑受到普遍的赞扬，是现代建筑中有价值的瑰宝。赖特对现代建筑有很大的影响，但是他的建筑思想和欧洲新建运动的代表人物有明显的差别，他走的是一条独特的道路。

② “美丽心灵的永恒阳光”这一句出自 18 世纪英国诗人亚历山大·蒲柏的一首诗《艾洛伊斯致亚伯拉德》。这是一部带有奇幻色彩的爱情故事，由曾两获奥斯卡提名的好莱坞奇才查理·考夫曼编剧，金·凯瑞、凯特·温丝莱特主演。

剧本》仍是由传统的故事成分和人物关系（即本书中提及的要素）构成的。

近来，我同一位钟爱奈特·沙马兰[①]的《神秘村》的影评人进行了一场辩论。我可以理解他在情感层面喜欢这部作品。但是当他承认他仅仅是基于自己对该片的情感反应而喜爱它时，无意中对自己的读者造成了巨大伤害。这位影评人坦言，他评论电影并不是因为他懂电影，而是因为他喜欢电影。千万不要做这样的人！要清楚故事结构以及如何组合故事情节，即便你打算用完全打破常规的方式来组合故事。

注意：如果你玩弄传统，你就是富于创造力。但如果你并不知道传统是什么，那么你就是懒惰散漫，技艺不精。

巴勃罗·毕加索起初也是一位传统的画家，具备传统的技艺，包括创作与使用透视、灯光、阴影、力度和色彩的技能。他从一维角度在一个女人的侧脸上画出 13 个乳房（好吧，有点夸张了），他这样做并不是因为他从未见过裸体的女人。毕加索并不是不懂如何表现深度，也不是不懂基础的生物学和解剖学。他很清楚"规矩"是什么，但他决定打破常规，使画作达到特殊效果。实际上，毕加索在成为抽象派画家之前，曾是一位颇有成就的传统画家。他的父亲是一位美术老师，向小毕加索传授了许多传统绘画技巧。

有趣的是毕加索在其 1896 年的画作《头发蓬乱的自画像》中用极其传统的肖像画形式将才华横溢的自己塑造成一个放荡不羁的年轻人。1972 年的毕加索自画像犹如一个经过高强度核辐射的外星人，又像是从被阳光暴晒而扭曲变形的镜头中看到的画面。如果毕加索没有

---

① 奈特·沙马兰（M. Night Shyamalan），1970 年出生，是一位印度裔的美国电影编剧、导演、制作人及演员。截至 2006 年，他在商业上最成功的电影是 1999 年的《第六感》，该片在全世界的票房累积超过 6 亿美元。《神秘村》又名《灵异村》，美国恐怖电影，由奈特·沙马兰执导。《神秘村》有别于其他惊悚片，志在积极地探讨道德问题。

学过如何绘出第一幅传统的肖像画，第二幅肖像画就不会诞生。我的一位编辑告诉我毕加索是用蜡笔绘出第二幅画的。摒弃一切规则是基于对规则本身以及改变规则的后果了如指掌，这就是自由。

只是为了打破常规，也要学习这些规则是什么、传统结构是什么。这样，你才不会仅仅因为不了解房屋受力结构（故事脉络主线），而使你昂贵的镶木地板连带整幢房屋一起坍塌。

现在我再来问你，如果有人送给你点石成金的秘籍，你还会不接受吗？抑或，你还是瞧不上它的“老套”，觉得它让你有失身份？请检验一下传统的故事结构制造的黄金，先莫急于抛掉这个结构。

切记：一栋房子（哪怕是最具艺术性的）的各个组成部分基于的是这栋房子的构造。同样，故事创作的各个要素源自这则故事的情节构建。

还记得我在前几页提到的那些故事要素吗？在接下来的章节里，我会先具体描述各个要素，并以一些经典和最新的电影为例加以说明。接着，根据这些故事要素和其他结构要素，我们将从头开始编写我们自己的小故事。本书将向你展示使用书中介绍的技巧创作剧本的可行性，以及如何轻松地运用这些方法进行创作。

第一部分

故事的七大要素

1 主 角

主角是这样一种存在：人们透过他们的眼睛看到故事徐徐展开；他们的人生故事构成了戏剧的核心。戏剧永远是主角的故事，发生在诸如战争、体育、政治、爱情等大背景下的故事。

被完美塑造的人物

传统的主角是拥有白晰肌肤、雪白牙齿、头戴白色帽子的绅士，对女士彬彬有礼，他们保护周围的人，身上没有明显的缺点。这种旧式英雄面对强大的敌人时毫不畏惧，从不被性感妖娆的尤物诱惑，永远不会神思恍惚、不知所措，并且从来不去厕所。

优秀的编剧如今不再将其主角刻画成旧式“高大全”型人物，除非是《神枪小子》这样的喜剧。编剧们明白他们需要一个有缺陷的主人公，只有如此，才能写出主角与自身的缺陷斗争，在克服了巨大困难后，达成伟大目标的故事。听起来好像很简单，甚至有些老套，但几乎每部优秀的电影都是以此为基础的。

晚餐测试

主角要足够让人同情或者觉得有趣，才能让我们愿意花上 10 美元去影院看他的故事。我称之为“晚餐测试”，因为如果我不愿意跟一部电影里的主人公共进晚餐的话，那么我为什么要花 10 美元（还没算爆米花和苏打水）在漆黑的影院中坐两小时？当然，我们也会有邪恶的主角，例如蒂姆·罗宾斯[①]在《大玩家》中的角色，这一角色虽然并不讨人喜欢，但却很有意思。“主人公”这个词本身有可能产生误导，要知道电影中的主要角色并不一定总是可爱、坚强或充满英雄气概的。《午夜牛郎》、《大玩家》、《大审判》和《撞车》这几部影片均是主要角色带有明显的反英雄主义色彩的经典代表。为了能够使我们在两小时的影片中始终跟随主角，他不一定要惹人喜爱，但必须非常有吸引力，并且足够有意思到让人们愿意为了聆听他的故事而和他共进晚餐。

著名影片中的例子

主人公克服自身缺陷，同自己作斗争，可以成就一部有意思的电影。例如，弗兰克是电影《百万美元宝贝》中的主角，观众透过他的眼睛看到故事展开——一个有关他如何克服由于失去心爱的女儿而产生的内疚和恐惧的故事。

在电影《婚礼傲客》中，观众一直跟随着主角约翰，为他鼓劲加油，看他最终做出那些使其得以被拯救或被惩罚的决定。

恩尼斯是《断背山》中的主人公。这部电影因主人公未能克服其原本的缺陷而成为一个悲剧。然而同许多经典悲剧相似，正是由于改变自我的失败，使恩尼斯认识到了他原本可能错过的机会，从而使影片有了一个充满希望的结尾。

电影《洛奇》的主角是洛奇·巴尔博亚，该片以拳击界为背景，讲述了他如何摆脱“失败者”这一自我认知的人生故事。

---

① 蒂姆·罗宾斯（Tim Robbins），1958 年出生，美国著名电影演员、导演、编剧以及制片人，于 1992 年凭借《大玩家》获戛纳和金球奖双料影帝。

在令人叫绝的影片《秘密与谎言》中，母亲辛西娅（由布兰达·布莱斯[①]出色演绎）是电影的主角，故事背景是一个处于破裂边缘的英国底层家庭。尽管片中有许多坚强、有趣的角色，但我们是通过辛西娅的眼睛看到发生在她身上的这一故事的。

《辛德勒的名单》是辛德勒的故事，发生在法西斯惨无人道的对犹太人大屠杀的背景下。正是主人公自身的故事使《辛德勒的名单》有别于《苏菲的选择》，以及其他大屠杀电影。主角辛德勒自身故事的独特性造就了这部电影在同类影片中的与众不同。

谨记你要讲述的是主角的故事，这一点十分重要，因为你也许想写一个惊天动地的“龙卷风型故事”，那样的话，你写的就是背景事件，而不是主人公。对绝大多数人而言，故事就是关于人的（或者一种人格化的其他物体），是他们在面临巨大危险时——身体上或情感上——为成为更好、更完善的人而不得不作出的斗争。暴风雨也许动静很大，但在情感和精神上却是无生命的物体，不是人类或者其他任何与人类相似的主体。暴风雨从不抗争，它们仅仅是存在。它们没有需要克服的缺陷，也没有方法去克服缺陷。

经典对白

“好了，德米勒先生，我准备好拍特写了。”

——《日落大道》

“愿原力与你同在。”

——《星球大战》

“我喜欢闻弥漫在清晨空气中的汽油弹味道。”

——《现代启示录》

“E. T. 打电话回家。”

——《E. T. 外星人》

你当然可以写暴风雨，或者足球赛，抑或是海洋和外太空，只是要从中创作出有意思的故事十分困难。然而，如果把一个人放进这些背景内，故事就会随之出现。《泰坦尼克号》并不是关于泰坦尼克的，《龙卷风》也不是关于龙卷风本身的。这两部电影都是有关人的，人们或在即

① 布兰达·布莱斯（Brenda Blethyn），1946 年出生，英国女演员，《秘密与谎言》为她赢得金球奖和金像奖的最佳女主角提名。

将沉没的轮船上，或面临即将到来的龙卷风袭击。有人才有故事。

另一个问题是，如果写龙卷风，没有什么可以把你写的故事同其他有“坏天气”的故事区别开来。《洛奇》、《百万美元宝贝》、《拳台血泪》和《天涯赤子心》都是拳击故事。如果这些故事只是关于拳击的，它们有可能非常相似。毕竟，你能用多少种方式描写左勾拳和上勾拳呢？而片中主人公的故事则使这些电影有别于其他电影。

有一些故事的核心没有基于主人公来设置。奥斯卡获奖影片《撞车》就是个很好的例子。由加拿大人保罗·哈吉斯担任编剧（他也是《百万美元宝贝》的编剧）的这部影片更多的是关于种族主义本身，而不是种族主义背景下主人公的故事。一位知名评论家称《撞车》是最差的奥斯卡获奖影片之一，这个评论是准确的，因为哈吉斯写的是背景而非主人公。

如果你想写一个“龙卷风型故事”，那么，请替换为：在龙卷风的背景下，一个富有吸引力的角色战胜令其备受困扰的自身性格缺陷的故事。

这一点非常关键。创造你的主人公是创作出妙趣横生、引人入胜兼具商业性和艺术性的剧本的重中之重。大多数人想到他们喜欢的电影时，想到的都是片中的角色：《卡萨布兰卡》中的里克·布莱恩，《飞越未来》中的乔什，《阿甘正传》里的阿甘，《终结者 2》中的机器人，《钢木兰花》中的梅琳·伊坦顿，《来自边缘的明信片》中的苏珊娜·维尔，《苏菲的选择》中的苏菲·扎维托维斯基，或是《火线阻击》中的弗兰克·霍里根。

如果你记不起一部电影中的主人公，我敢打赌你一定不是非常喜欢这部影片——主人公的故事**就是**影片本身！

让我们从头开始搭建故事

在电影产业中，剧本通常包含三幕：第一幕大概 30 页，第二幕约 60 页，第三幕 30 页。这是在 20 世纪初，最早的电影摄制者从“正规的剧院”中借鉴的。他们认为如果舞台剧有三幕，那么电影剧本也应该如此。

当与从事娱乐产业的人打交道时，你也应该参照三幕剧结构。因为如果你采用四幕剧，其他人很可能会被弄糊涂或感到恼火。在此我用四段式作为三幕剧结构的变体，并仅为介绍而用。中间一幕被分为第二幕的第一部分和第二幕的第二部分。如我此前所说，每部分通常为 30 页的长度，但是可能因各种原因而出现较大的变化。

我们将主人公的名字定为罗斯·帕克斯。现在我们对罗斯了解不多，因为我们还未确定其他六大要素，但先让我们给他一些身份设定。罗斯很明显是男性，国籍就定为美国人，40 岁左右，是何种族无关紧要。如果还有其他要求的话，那就是这个角色应该要容易选演员！

充满挑战的角色吸引优秀的演员

创造丰满有力的角色并不意味着你应该使笔下的角色难以被描述。然而，的确要赋予每个角色这样一种特质——如果能够完美诠释，演员将因成功驾驭如此有挑战性的角色而获得称赞。演员经常告诉其经纪公司替他们寻找“能够获得奥斯卡奖的角色”。他们指的是那些能够让演员充分发挥，从而给评论家留下深刻印象的角色。想想《阿甘正传》、《沉默的羔羊》、《甘地传》和《查理》——所有那些为其扮演者赢得过奥斯卡奖的角色。

当然，主要角色不应是唯一的富有挑战的角色。选择配角对一部电影的演员选派和宣传包装同样重要。宣传包装指的是在向制片人提案之前，在剧本中附上知名演员或导演的大名。

如果你能同时塑造出一个有趣的主人公以及一个出彩的配角，你将有更大的机会吸引到能够帮助你营销电影的演员。

《百万美元宝贝》是一个绝佳的例子。由摩根·弗里曼[①]扮演的主人公的好友斯凯普是一个非常伟大的角色，令人尊敬的弗里曼先生凭借这一角色赢得了奥斯卡奖。

许多著名演员凭借扮演配角而非主角赢得了奥斯卡。乌比·戈德堡[②]本应凭《紫色》中扮演的主角而获奖，但却因《人鬼情未了》中的配角而最终斩获奥斯卡奖杯。

丹泽尔·华盛顿[③]凭借《光荣》中的配角获得了他的第一个奥斯卡奖项。

尽你所能地塑造强大出彩的配角，不仅有助于剧本创作，还将在日后对营销起到很大帮助。

---

① 摩根·弗里曼（Morgan Freeman），1937年出生，美国黑人男演员、导演，曾获得一次奥斯卡金像奖与金球奖。

② 乌比·戈德堡（Whoopi Goldberg），美国知名影星，1955年出生于曼哈顿低下阶层的社区，是好莱坞为数不多的黑人女星中比较著名和成功的一个。

③ 丹泽尔·华盛顿（Denzel Washington），1954年出生，好莱坞最具号召力的演员之一，1990年凭借《光荣》获第62届奥斯卡金像奖最佳男配角奖，2000年凭借电影《飓风》获得第57届金球奖最佳男主角奖（剧情类），2002年凭借电影《训练日》获第74届奥斯卡金像奖最佳男主角奖，是继西德尼·波蒂埃后的第二位黑人影帝。

2 缺 陷

在故事开头，主角通常是有缺陷的。这个缺陷在某种程度上阻碍了他（她），尽管主角并不知道这个缺陷是什么，也不清楚这一缺陷对自己的影响。

主角很多时候把自身的缺陷视为求生必备的防御机制。主角并不认为那是他的缺陷，而是将其看做一种应对生活的方式，一种能保护自己生命的行为。这就是主人公还未摆脱自身缺陷的原因——他是真的认为他需要这种缺陷。

这是你的故事的一个重要成分，可以创造出内在的紧张冲突。为什么呢？因为所有的故事实质上都是在讲述一个主人公不得不克服自身的缺陷，从而达到某个伟大的目标。因此，主角（以及观众）陷入了矛盾冲突中，他必须在对他来说是求生必需的缺陷与伟大的目标两者间作出抉择。

著名影片中的例子

在奥斯卡获奖影片《百万美元宝贝》中，克林特·伊斯特伍德[①]

---

① 克林特·伊斯特伍德（Clint Eastwood），1930 年出生，是好莱坞电影史上绝对数得上的最丰富多彩的导演和演员。从事电影事业 50 余年，共参演了 48 部电影，导演了 31 部作品，担任过 18 部电影的制片，并制作过 9 部电影的配乐。1986 年，克林特当选为卡梅尔市市长，成为继里根之后又一位电影明星出身的政客。

饰演的弗兰基是本片主角。观众正是透过他的视角看到故事的展开。他的缺陷是拒绝与外人来往，不愿涉足任何人际关系。这个缺陷源于他与女儿间莫名的隔阂，可能还源自他对朋友“废铁”埃迪·斯凯普·杜彼斯（摩根·弗里曼饰演）的内疚，埃迪在一场拳击赛中不仅输掉了比赛，还失去了一只眼睛。弗兰基觉得因为他没能及时叫停比赛，朋友才会失去那只眼睛，这是他的责任。对亲密关系的恐惧剥夺了弗兰基与人亲近的机会，但这一缺陷也保护他避免再次受到伤害，他就是这样与女儿疏远的。

如果弗兰基不能克服自己对亲密关系的恐惧心理，他就无法很好地训练玛吉参加世界女子拳击锦标赛。因为要想培养玛吉，弗兰基就必须接近她，对她毫无保留，不仅担任她的教练，还要承担类似父亲的角色，但与人亲近却是他多年来一直试图避免的。

弗兰基因担心大块头威利受伤而阻止这位年轻的拳击手参加锦标赛时，我们看到了他的疑虑与恐惧。结果，威利找到了另一个发起人，获得了参赛资格，并最终赢得了比赛，成为世界冠军。

摩根·弗里曼饰演的斯凯普在两段简短的对话中明确地告诉弗兰基他的问题所在。“跟关系不相干，是你不信任他。”接着弗兰基与他争论了一会儿，埃迪又说：“你是在保护自己远离锦标赛。”

这正是缺陷带给主角的，一方面保护了他，另一方面又阻碍他追求有价值的目标。

在电影《蝙蝠侠：侠影之谜》中，布鲁斯·韦恩必须克服对父母之死的罪恶感，重拾信心，与他昔日的师父亨利·杜卡斗争，才能化身超级英雄，拯救高

经典对白

“他们叫我提布斯先生。”

——《炎热的夜晚》

“我彻底疯了，我再也不能忍受下去了。”

——《电视台风云》

“在纽约的部分区域，长官，我建议你们别去。”

——《卡萨布兰卡》

“我现在还是大明星！是默片没落了。”

——《日落大道》

谭市。

《断背山》中的主人公恩尼斯因恐惧而不敢去爱。幼年时，他的父亲曾带他到一个臭水沟旁边，去看一具遭残酷毒打致死的男同性恋的尸体，并告诉他这就是“同性恋”的下场。恩尼斯非常害怕会因同性恋而丧命，这种恐惧使他不敢冒生命危险去公开自己的同性恋身份。遗憾的是，这种恐惧同时也使他无法拥有同性恋人杰克给予他的炽热情感，最终恩尼斯因这个缺陷孤独终老。

电影《洛奇》是另一部拳击题材的奥斯卡获奖影片。主角洛奇·巴尔博亚把自己界定为失败者，因为他的父亲告诉洛奇他是个笨蛋。由于这个缺陷，洛奇整日游荡在费城的大街小巷，与黑社会混在一起，同其他失败者到处闲晃。他没有浪漫的爱情，没有确定的未来，也从不试图发挥自己的拳击潜力。

洛奇的缺陷是他缺乏自尊心。然而，在洛奇看来，这却是应付生活的最佳方式，这样他就不会让自己陷入无法掌控的处境中。因此，他从不刻苦训练。一旦他开始取得一点小成就，就不得不面对更多的人，肩负期望。当然，失败是在所难免的，这样就会证明他父亲对他的看法是正确的。只在拳击俱乐部打拳，只与另一些失败者竞争，这样他才有可能继续籍籍无名。因而，在他心中，他的缺陷使他免受较之前经历更大的伤害。

电影《铁钩船长》中，成年的彼得·潘压制了内心的童真，因为他相信只有这样才能在他与家人生活的“成人”世界中立足，而继续做儿时的彼得·潘会使他脱离这个“人类”与“成人”的世界。这种恐惧造成他迷失了自我，受困于工作为重的物质世界，疏离了他的家人。他不得不在两者间抉择，一边是自身引发的失忆缺陷，另一边是从铁钩船长手中营救家人的机会。

我们的故事

好吧，那么我们的主人公罗斯的缺陷是什么呢？我们来设定一个同这些主角一样的缺陷：恐惧。《百万美元宝贝》中弗兰基害怕亲近他人，《断背山》中恩尼斯害怕被“揭穿”同性恋身份，同样，罗斯害怕世人发现他真实的样子。那么他到底是什么人？嗯，我们干脆选择一个显而易见的，罗斯是个懦夫，并且担心别人发现这一点。

下一个问题是：为什么罗斯会认为懦弱是件好事？为什么他会认为懦弱是一种以某种重要方式保护他的防御机制？嗯……恐惧使罗斯不敢做危险的事，对吧？如果他不做危险的事，他就不会搞砸。

或许罗斯与洛奇一样，害怕置身于无法把控的境地。他可能曾经未能成功地处理好一些情况。比如，他曾表现出胆怯，在军队服役时，他在一场战斗中吓呆了。他一直以来的恐惧使他避免身处此类境地，他怕自己的怯弱又暴露出来。

无独有偶，《百万美元宝贝》中，弗兰基对亲近他人的恐惧源于他未能与女儿建立亲密的关系。在这两个故事中，主人公都运用他们各自的缺陷来避免重蹈覆辙。

但我们希望我们的主人公罗斯不单单是一个懦夫。我们不希望当他摆脱怯弱，试图充当英雄时，让人觉得滑稽可笑。也就是说，一个怯弱不起眼的牙医、会计或者园丁，如果从未经历过任何暴力或战斗，即便他克服了自己的怯弱，也不会成为令人信服的英雄。

因此我们需要这样做：我们要展现出主人公不仅仅是胆小的罗斯。如何做到这一点呢？哦，老板让罗斯去处理日常的现金存款，这件事平时一直是另一位员工在做。

罗斯携带着一大笔现金前往银行，此时夜幕降临，他很害怕。天色暗了，我们胆小的罗斯揣着钱袋，不时四处张望。他出了一身冷汗，呼吸也变得急促了。

当然，他遇到一群人尾随着他。但是，罗斯没有抱头屈服，而是狠狠地教训了这些恶棍！他怎么会这样做？因为他曾是戴绿色贝雷帽①的前美国陆军特战队队员。没错，他是个胆小鬼，但他还是个血气方刚的人。遭受袭击时，他会本能地反抗。

罗斯回击了这帮恶棍。可能他受了点伤，但这丝毫不能阻碍他继续斗争。最后，罗斯打败了他们，这时他又被吓得魂不附体。他不断喘气，汗流不止，四处张望，胡思乱想。他迅速冲向夜间存款箱，将当日的存款胡乱塞进去，然后跑回他的汽车里。罗斯锁上车门，慌乱地开车呼啸而去。

罗斯身强体壮，但内心不知名的骚动让他毫无理由地感到恐惧。

这种介绍罗斯和他的缺陷的方式很有趣，可以把观众带入其中。他们愿意一直追随情节发展，直到发现这个英雄角色害怕自己阴影的原因。

---

① 绿色贝雷帽是美国陆军特种部队的称号。这支部队装备有各种步兵武器和运输直升机，拥有十分先进的通信器材，包括卫星通信和通信距离达 3 200 公里的轻型通信装备。“绿色贝雷帽”经常被派往世界上许多国家，执行各种特种作战任务。

3 有利的故事环境

有利的故事环境是指主角为自身营造或寻找的环境，在故事开头就围绕着主角，使他能保留自身的缺陷。谨记，主角将自身缺陷视为生存必需的防御机制。自然而然地，主角会寻找或营造一系列环境（一份工作、周边环境、一群朋友，等等），以便保留那个至关重要的缺陷。

著名影片中的例子

在《铁钩船长》中，成年彼得·潘已经抛弃了梦幻岛及内在的童真，周遭的一切都与梦幻岛背道而驰，充斥着贪婪无度、掠夺财富的资本家和极度严肃的商人。

回看电影《婚礼傲客》，约翰与杰瑞米都惧怕婚姻，也不敢做出任何爱情承诺。他们是做什么工作的呢？在专门帮人打离婚官司的法律事务所工作。他们喜欢什么娱乐呢？两人喜欢混入婚礼现场，与女孩一夜情，并且隐瞒他们的身份。也就是说，他们虚构自己的世界就是为了避免

经典对白

“一个户籍调查员曾试图试探我。我把他的肝脏就着蚕豆和红葡萄酒吃了。”

——《沉默的羔羊》

“路易斯，我想这是一段美好友谊的开端。”

——《卡萨布兰卡》

亲密关系，从而摆脱这种可能破坏自身防御的关系。这是他们维护自身缺陷的最佳环境。他们相信婚姻是“对我们的原罪的惩罚”（杰瑞米的原话，出自《婚礼傲客》早期的剧本草稿），这就是他们的缺陷。

另一个极具说服力的例子是洛奇。他混迹在费城街头，在最差劲的拳击馆训练，为不起眼的黑帮出力，跟几个不值一提的对手打架，拒绝接受伯吉斯·梅雷迪思[①]饰演的米基教练的帮助。在这种环境下，洛奇可以继续做一个失败者，避免身处可能让自己出丑的境地。这个缺陷使他不敢抱有不切实际的期望，也使他丧失了机会，不去做一个“失败者”想都不该想的事。

有利的故事环境同时也有助于观众接受主角的缺陷，从而对主角产生信任。

试想，如果《百万美元宝贝》中的弗兰基是一个社会工作者或者心理医生，这样的职业需要深入他人的生活，但又有可能犯下错误，破坏他人的生活，就像弗兰基破坏了他与女儿的关系。弗兰基的缺陷是他不愿参与其中，不愿拿他与女儿的关系冒险，以至于当他们不再亲密时，他差点被摧毁。

试想，如果彼得·潘一直生活在梦幻岛，即便他尝试变得成熟，压制他的童心，那也不可能成功。至少在他被岛上天真无邪的魔法包围，还没有和失落的男孩们以及铁钩船长经历各种奇遇时，是不会实现的。

试想，《婚礼傲客》中的约翰或者杰瑞米开办了一家交友中心，抑或结婚礼堂。

---

① 伯吉斯·梅雷迪思（Burgess Meredith），1907—1997 年，出生于美国俄亥俄州，是美国知名电影演员，其表演多次获奖。曾凭借《洛奇》荣获第 49 届奥斯卡金像奖最佳男配角奖，凭借《蝗虫之日》荣获第 48 届奥斯卡金像奖最佳男配角奖。

再试想，如果洛奇是在贝莱尔[①]、马里布[②]或者贝弗利山[③]长大的富家子弟，开着一辆价值15万美元的轿车，还是巨额财产的继承人。这样的环境就不会让主人公把自己看成失败者。更重要的是，观众不会相信主角会在这种情况下保留那样的缺陷。你从一开始就会失去受众。有利的故事环境允许主角保留他的缺陷，也保证了观众对主角及其缺陷的信任。

我们的故事

自称为胆小鬼的罗斯需要一个场景和一份不要求胆量又不显眼的工作。

无论公平与否，会计员鲜有喜欢刺激的。因此，我们的主人公会是一名无害的会计员，在勇气和胆量上不要对他有什么期望。

想想看：我们的主角曾是一名绿色贝雷帽，他曾做出过一个导致许多人丧命的决定。为什么呢？因为战争就是这样，错误是致命的。

如果我曾犯下一个错误而致人丧命，我可能会决定在我所能找到的最没有威胁性、最安全、对体能完全没有要求的环境中工作。作为会计员，我会在数字上出错，但这不会害死任何人，而且可以修改。这种工作不止是对我，对与我共事的人也一样是最安全的。

你知道，犯下那个致人丧命的错误之后，我会希望不再犯错。但

---

① 贝莱尔（Bel-Air），洛杉矶最奢华和最理想的地区之一，是被称为“白金三角”的高级住宅区之一。

② 马里布（Malibu），加利福尼亚州的一个城市，位于洛杉矶西部，以沙滩和阳光而闻名。它还是高级住宅密集的区域、社会名流喜欢的地方，曾是多部美国电影的拍摄地，大量好莱坞的超级巨星定居此处。

③ 贝弗利山（Beverly Hills），一座位于美国加州洛杉矶西边的城市。贝弗利山邻近西好莱坞。这个区域与洛杉矶的贝莱尔以及荷尔贝山三个地区被合称为“白金三角”。

人非圣贤，孰能无过。最好的办法就是找到一个错误无害于人的环境。

我猜想罗斯可能会从事流水线或者挖水渠这样的工作，只要是不可能再因为失误而伤人的工作就可以。

4 反面角色

简单地说，反面角色就是阻挠主角获取想要得到的东西，阻拦主角想要进行的行动，阻止主角成为想要的样子的人。反面角色不论是在思想上还是行动上都在阻止主角实现他的主要目标。反面角色并不一定是，或者说不是想象中的“坏人”，而是某个站在主角与重要目标之间的人物。有时反面角色甚至是一个“好人”。例如，电影《亡命天涯》中汤米·李·琼斯①饰演的反面角色——一个尽忠职守的好警察。然而还有一点值得注意，反面角色同时也可以是主角的伙伴。有时，阻碍主角获取所求的恰恰是令其摆脱缺陷的动力。

事实上，反面角色也可能是一个把主角的利益牢记在心的人，实际上是主角的盟友。这种反面角色与盟友合二为一的情况在爱情故事和浪漫爱情喜剧中最常见。

电影《当哈利遇上莎莉》就是一个例子。由梅格·瑞恩②饰演的莎莉是片中的反面角色，因为她反对比利·克里斯托③饰演的哈利。

---

① 汤米·李·琼斯（Tommy Lee Jones），1946 年出生，美国演员、导演、编剧。1993 年以《亡命天涯》中联邦警长一角获得奥斯卡金像奖最佳男配角奖。

② 梅格·瑞恩（Meg Ryan），1961 年出生，美国演员、电影制片人。代表作有《西雅图不眠夜》、《电子情书》。

③ 比利·克里斯托（Billy Crystal），1947 年出生，美国演员、制片人，担任过九届奥斯卡金像奖颁奖典礼的主持人。代表作有《老大靠边闪》、《怪兽电力公司》、《美国甜心》。

他想要把友情与爱情分开，她却想二者同时存在。当哈利意识到莎莉是正确的时，就可以实现一个更有价值的目标：与她坠入爱河。

这一点至关重要。电影开始时，主角想要获取的并不总是最符合其利益的，而有时那个反对主角的人做出的行为却是最有利于主角的。这样的反面角色比起过时的西部片和战争片中老一套的“十恶不赦，心狠手辣”的反派通常更有意思。

还有极其重要的一点：反面角色是那个促使改变主角人生的事件发生的人物。这个事件一般出现在第一幕结束（详见第 6 章）。

经典对白

“我会给他点好处，他无法拒绝。”

——《教父》

“你根本不明白！我本可以获得社会地位，我本可以是个竞争者，我本可以是个有头有脸的人，而不是现在这样一个毫无价值的游民！”

——《码头风云》

“这就看你的了，宝贝。”

——《卡萨布兰卡》

不同类型的反面角色

电影《阿甘正传》中，反面角色是由罗宾·怀特①饰演的珍妮。珍妮不但不是“坏人”，反而是一个善良有爱心的人，是阿甘的挚爱。影片详尽地刻画了这个年轻女性试图逃离童年遭受父亲虐待的痛苦回忆。这个年轻甜美的女人怎么可能是反面角色呢？因为阿甘的主要心愿，或许也算是他唯一的心愿，就是与珍妮在一起。

珍妮反对阿甘跟自己在一起，不断地逃离过去。她在这样做的同时也离开了阿甘。阿甘最终以强烈而纯粹的爱赢得了珍妮的心，她不得不承认阿甘就是最适合她的人。不幸的是，悲剧发生了，一切已为时过晚。

---

① 罗宾·怀特（Robin Wright），1966 年出生，美国影视演员。饰演的代表角色有经典电影《阿甘正传》里的珍妮，以及大热美剧《纸牌屋》中的克莱尔·安德伍德。

反面角色与反派的区别

要注意“反面角色”与“反派”这两个词之间的区别，这很重要。

一方面，反面角色被刻画得极具感染力，他们的角色可信，有吸引力，在片中起到关键作用，有自己合理的动机、缺陷和想法。

另一方面，反派则是单面的“坏人”，他们通常出现在动画电影或真人卡通电影中，例如《超人》、《101 只斑点狗》以及《神探飞机头》。这几部影片都极其成功又趣味无穷。但是特别提及一点，它们没有一部有深度或戏剧性。

你可以选择不要刻画丰满的反面角色，而在故事中添加一个反派，尤其是你要创作的是一个“卡通”电影剧本，比如一个大闹剧或者超级英雄动作冒险电影。但是，你成功的几率会随着所有角色的复杂性和有力性而增加，特别是对主角、主角的盟友以及反面角色的刻画。即使是《超人》，也可以通过塑造一个反面角色，而不仅仅是样板式的“可恶”反派，变成一部更有趣的影片。

最佳的例子是蝙蝠侠系列电影中的《蝙蝠侠：侠影之谜》。该影片一上映就被广泛赞颂为该系列电影中最好的一部。这部蝙蝠侠电影塑造了一个强大的反面角色，比其他蝙蝠侠电影中的企鹅人、小丑等角色更加深刻。杜卡是一个独特又深刻的个体形象，拥有可行的观点，而不单单是一个“反派”。

著名电影中的例子

电影《婚礼傲客》中，反面角色是克莱尔，这是第一次约翰无法“摆脱”或仅仅视为一夜情的遭遇：她就是反对约翰，对抗他的缺陷的女人。

影片《洛奇》中，美国重量级拳击冠军阿波罗·克里德是一个反面角色，他阻止洛奇实现在比赛中坚持到底的心愿。洛奇生怕自己当众失利，宁愿籍籍无名的愿望也被阿波罗破坏。阿波罗这个反面角色有多厉害呢？他迫使洛奇处于有可能在全体电视观众面前失利的境况！那才是反面角色！

在电影《百万美元宝贝》中，玛吉是个反面角色。她坚决要求弗兰基对她敞开心扉，并使他冒着风险关心她。简言之，玛吉是一个虽无章法技巧却坚定投入的女拳击手。她需要像弗兰基这样的教练，并且拥有包容的内心，这两点的结合对弗兰基来说是不可抗拒的。一切都由玛吉这个反面角色触发，她走进拳击馆，展示她的勇气，让弗兰基无法拒绝或忽视她。

大多数例子中，反面角色都有意无意地阻碍主角维护他的缺陷。在《百万美元宝贝》中，玛吉的目的仅仅是为了让弗兰基训练她。然而，结果他却不得不敞开心扉，冒险建立亲密（父女般）的关系。她为什么会成功呢？因为她是弗兰基完美的反面角色。她是个女性，跟他的女儿差不多大。他的有利环境通常是把女性拒之门外的，而她却打破了这种环境的力量，执著又彻底地走进他的世界。

在玛吉出现之前，弗兰基的世界里都是野蛮的男人，弗兰基可以轻松地满足他们的要求，而不需要与他们亲近。这种环境几近完美，却不料玛吉出现了，破坏了这个环境。

我们的故事

因此，谁是我们主角的反面角色呢？罗斯的反面角色走进他的世界，给他带来了严重的威胁或者提供了一个极其诱人的提议，这就迫使罗斯必须在他的缺陷与这个威胁或提议之间作出选择。

比方说，反面角色是罗斯的反面，他无所畏惧，拥有男子气概，甚至争强好胜。这个人强大到可以威胁主角，可能还会威胁到其他人。这就迫使罗斯必须作出抉择，是继续做一个胆小鬼，还是勇敢向前接受反面角色的挑战。

但是要记得，罗斯是一个会计员。什么样的严重威胁者会走进罗斯那满是数字与免税的平静世界呢？哦，让我们假设，罗斯在一家中小型企业上班。这个反面角色，我们就叫他马特，是一个中层管理者。马特是一个有野心、有上进心的典型商人，可能还不讲道德。他开始对包括罗斯在内的员工提出各种要求。这样我们就有了一个框架来塑造罗斯的反面角色，很容易看出这两种类型的人会发生怎样的摩擦与冲突。

5 主角的盟友

主角的盟友就是帮助主角克服缺陷的人物。不管情愿与否，主角需要这个人的帮助。在银幕上，通常这个人与主角相处的时间是最多的。

要注意的是，反面角色很少与主角长时间相处，特别是在第二幕，除非盟友与反面角色是同一个人，如前所述，这也是一种常见的情节设计。准确地说，在第二幕中，通常是盟友与主角在一起的情节更多。

盟友的职责

盟友的职责是帮助主角摆脱他的缺陷。不过要谨记，对主角来说，那根本不是缺陷，而是针对生活中的危险的防御。

因此，这样我们就构建了两者间的冲突，主角想要保留他的缺陷，盟友这个角色的唯一作用就是将主角的缺陷剔除。这通常是故事中最有意思的冲突情节。

当然，盟友并不总是能完成他的职责。例如，《离开拉斯维加斯》是一部现代悲剧，沿袭了经典悲剧《俄狄浦斯王》和《麦克白》的传统。这部影片讲述的是一个失意的剧作家本（由尼古拉斯·凯奇[①]饰演）去拉斯维加斯酗酒而死的故事。片中的盟友是伊丽莎白·苏[②]饰演的萨拉。作为盟友，萨拉的职责是给本活下去的理由，阻止他自杀。对读者中未看过这部影片的人，我不想剧透，但是本最终还是酗酒而死。萨拉未能完成她作为盟友的职责。

另一部现代悲剧是极具争议的爱情片《断背山》。与许多爱情故事一样，该片中反面角色与盟友是同一个人。恩尼斯是故事的主角，杰克既是反面角色又是盟友。盟友（杰克）的职责是帮助主角（恩尼斯）克服他的缺陷。恩尼斯的缺陷是什么？恐惧。恩尼斯的父亲带着九岁的恩尼斯和他的弟弟去观看一具被毒打而死的男同性恋者的尸体。含义很明显，这就是违背性规范（或其他规范）的下场。恩尼斯永远无法实现他浪漫的梦想，因为他相信（或许准确地说，鉴于时间和地点），暴露自己真实的同性恋身份，公开与他的恋人杰克一起生活，将注定死亡。

杰克没能帮助恩尼斯克服他的恐惧。事实上，杰克成了恩尼斯害怕的那种敌意的牺牲品，这又证实了恩尼斯的缺陷。不过，虽然没能帮助主角成功，杰克仍是一名英雄，至少他尝试了，冒着生命危险乃至最终失去生命，试图在世界上寻找到他作为同性恋的容身之所。

许多人认为奥斯卡获奖影片《百万美元宝贝》是一部悲剧，因其以悲剧收尾。然而，尽管是悲剧收尾，盟友玛吉却完成了她的职责。她帮助弗兰基克服了他的缺陷（对亲近的恐惧）。玛吉不仅使弗兰基对她敞开心扉，而且让他将父亲般的亲切、爱与牺牲表现到了极致。

---

① 尼古拉斯·凯奇（Nicolas Cage），1964 年出生，美国演员。代表作有《勇闯夺命岛》、《战争之王》、《国家宝藏》等。曾荣获奥斯卡金像奖最佳男主角奖、金球奖最佳男主角奖等奖项，并曾获英国学院奖最佳男主角奖提名。

② 伊丽莎白·苏（Elisabeth Shue），1963 年出生，美国演员。1983 年步入影坛。1995 年凭借在《离开拉斯维加斯》中充满性感魅力与震撼性的演技荣获奥斯卡金像奖最佳女主角奖提名。

假如他未能给予他的女儿父亲的关怀，他对玛吉做到了。

《阿甘正传》同样以悲剧收尾。然而，这部电影有一个变化。剧作者做出了一个有趣的选择：他们选择阿甘作为主角，却把缺陷给了他的盟友珍妮。她的缺陷是无法信任男人，这是她儿时受到父亲虐待的结果。因此，阿甘实际上承担着盟友的职责，要帮助珍妮消除她对男人的不信任，更具体地说，对他的不信任。阿甘一直都很好，最后成功地赢得了珍妮的信任。他从不做任何威胁珍妮的事，从没尝试逼迫她与他在一起，即便是每次她的离开都使阿甘心碎。

主角与盟友相处的时间有多久？

《致命武器》中，玛塔夫（丹尼·格洛弗[①]饰演）是主角的盟友，自始至终都待在里格斯（梅尔·吉布森[②]饰演）的身边，帮助他克服轻生的念头。

《婚礼傲客》中，约翰（欧文·威尔逊[③]饰演）是主角，杰瑞米（文斯·沃恩[④]饰演）是盟友。毫无疑问，在第二幕中，约翰与杰瑞米在一起的时间比其他角色更多。

有趣的是，如果你拿着《婚礼傲客》的剧本，在全球范围内搜索“约翰”、“杰瑞米”与“克莱尔”这三个名字，搜索结果足以

---

① 丹尼·格洛弗（Danny Glover），1946年出生，美国男演员、导演、制片。美国旧金山州立大学荣誉博士，是一个拥有极高评价的人物。作为演员，他的代表作有《致命武器》、《梦幻女郎》、《ER》、《埃及王子》等。

② 梅尔·吉布森（Mel Gerard Gibson），1956年出生，是一位美籍爱尔兰裔澳大利亚电影演员、导演及制片人。代表作有《勇敢的心》、《爱国者》、《致命武器》。他还执导并出品了《哈姆雷特》和《天荒情未了》等影片。

③ 欧文·威尔逊（Owen Wilson），1968年出生，美国演员、剧作家。2002年，凭借《天才一族》的剧本入围奥斯卡金像奖最佳原创剧本奖。作为演员，其代表作有《上海正午》、《名模大间谍》、《婚礼傲客》等。

④ 文斯·沃恩（Vince Vaughn），1970年出生，美国著名演员。代表作有《史密斯夫妇》、《侏罗纪公园》、《疯狂躲避球》、《新邻里联防》等。

说明这一点。“约翰”出现了 600 多次，杰瑞米出现了 550 多次。约翰的反面角色兼爱慕对象克莱尔呢？仅仅只有 100 次。

约翰与杰瑞米，主角与盟友，在银幕上一起出现的次数远远高于约翰与克莱尔一起的次数。事实上，即使你把克莱尔的未婚夫萨克当做真正的反面角色，他出现的次数也仅有 146 次。

影片《回到未来》中，主角马蒂出现了 339 次。盟友博士出现了 201 次。反面角色比夫出现了 64 次。

《致命武器》中，主角里格斯出现了 660 次，他的盟友玛塔夫出现了 594 次。反面角色乔舒亚（加里·布塞饰演）出现了 142 次。

总是符合这样的规律吗？不。在《尽善尽美》这部在各个时代都公认为优秀的影片中，杰克·尼科尔森①饰演的梅尔文出现了 518 次。海伦·亨特②饰演的主角的爱慕对象卡罗尔出现了 390 次。由格雷戈·金尼尔出色演绎的西蒙出现了 284 次。尽管如此，我相信西蒙是盟友角色，卡罗尔是反面角色。与杰克在第三幕和最后一幕对抗的是卡罗尔，而且他最终“征服”的也是卡罗尔。

通常情况下，盟友与主角在银幕上一起出现的时间比反面角色多。

盟友提供行动方案的建议

盟友的部分职责是提供行动方案的建议，或是直接提出，或是作

① 杰克·尼科尔森（Jack Nicholson），1937 年出生，美国著名男演员、导演、制片人和编剧，亦被普遍认为是电影史上最优秀的男演员之一。屡获奥斯卡金像奖，代表作有《飞越疯人院》、《蝙蝠侠》、《唐人街》、《闪灵》。

② 海伦·亨特（Helen Elizabeth Hunt），1963 年出生，美国演员、导演、编剧。代表作有《爱在心里口难开》、《荒岛余生》、《我为卿狂》。曾获第 70 届奥斯卡金像奖最佳女主角奖、第 51 届喜剧类剧集最佳女主角奖。

为他自身行为的结果。盟友帮助主角的方式被称为盟友的 M.O.（modus operandi，即行为模式、操作方法）。盟友可以通过正面例子或反面例子充当明智的顾问，或用其他方式提供建议。

《洛奇》中，塔莉娅·夏尔[①]饰演的艾黛丽安改变了自己的生活，从而激励洛奇相信自己也可以如此。她反抗其专制的哥哥保利，过上了更好的日子，这使得洛奇意识到这种改变对他来说也是可能的。她从未要求洛奇去改变，她只是做了个榜样，成为一个正面的模范。此外，主角的盟友有一套 M.O.，一种行为模式、一种影响主角的方式，即正面的榜样或者积极的鼓励。

另一种情况是，主角的盟友也可以给主角提供反面例子，从而影响主角。盟友也许具有与主角一样的缺陷，而且他因为这个缺陷过着比主角更糟的日子。这就使得主角认识到如果他无法克服自身的缺陷，今后将沦落到何种境地。

主角的盟友也可能是一个良师益友或者父亲般的角色，积极地给主角以建议。电影《心灵捕手》就是很好的例子。罗宾·威廉姆斯[②]饰演的肖恩（精神病学家）就是一个父亲般的角色，正是威尔·杭汀（马特·达蒙[③]饰演）所需要的。

当然，在一些故事中，主角没有克服自己的缺陷，最终以某种方式毁灭。这通常是由于盟友不够强大，或者不太合适，不能帮助主角克服他的缺陷。比如，在《离开拉斯维加斯》中，失意的剧作家本遇

---

① 塔莉娅·夏尔（Talia Shire），1946 年出生，美国老牌女演员。科波拉家族成员，是意大利作曲家卡门·科波拉的女儿，著名导演弗朗西斯·科波拉的妹妹，好莱坞演员尼古拉斯·凯奇与索菲娅·科波拉的姑姑，因出演《教父》系列和《洛奇》系列电影而被影迷熟悉。

② 罗宾·威廉姆斯（Robin McLaurim Williams），1951—2014 年，美国著名喜剧电影演员，代表作有《死亡诗社》、《勇敢者游戏》、《心灵捕手》。曾获奥斯卡金像奖、金球奖、格莱美奖等荣誉。

③ 马特·达蒙（Matt Damon），1970 年出生，美国演员、编剧、制片人。代表作有《无间道风云》、《大地惊雷》、《极乐空间》及《谍影重重》系列。曾获第 70 届奥斯卡金像奖最佳原创剧本奖。

到妓女萨拉。她作为盟友的职责是拯救他。但是，她失败了，因为她还没有克服自己的缺陷，正因为这个原因，她才不够强大，无法帮助本。

著名电影中的例子

《百万美元宝贝》中，摩根·弗里曼的角色斯凯普简单地通过自己去帮助玛吉训练的方式，给弗兰基提供了行动建议。最终，弗兰基亲自训练玛吉，但这是斯凯普开的头。他通过树立榜样，给主角提供了行动建议。

《铁钩船长》中，叮当小仙女给彼得提供了建议，即为了从铁钩船长手中救回孩子们，就要重回梦幻岛，恢复成昔日的彼得·潘。

《断背山》中，杰克（盟友）建议他与恩尼斯买一个牧场，以恋人身份在一起生活劳作。

《蝙蝠侠：侠影之谜》中，反派亨利·杜卡在喜马拉雅山帮助布鲁斯·韦恩，成为他的盟友。杜卡向他传授武术和哲理，使他变得强大。但是最后，这个盟友成了反面例子，让布鲁斯·韦恩看到力量使用不当的后果。他展示了如果布鲁斯像他自己一样误入歧途，最终会变成什么样子。

我们的故事

我们故事中的盟友应该是一个可以令人信服地帮助罗斯克服自身缺陷的人。哦，我们何不让故事简单明了一点——罗斯的盟友就在他工作的地方，一个他喜欢的人，虽然他的缺陷阻碍了他与她关系的实际发展。

我们的盟友是一个与他一起工作的女人。为了帮助我们的主角，她必须是一个女强人。何不把她设定为公司的所有者？我们就叫她莱斯莉。

谁是莱斯莉？嗯，如前所述，她是一个女强人。在一个歧视女性的社会，这一点时常给她带来困扰。身为女强人，她会因此放弃一部分她所谓的“女性气质”吗？她是从父亲那里接管生意的吗？那样太容易了，会让她变得软弱，就不能真正地帮助罗斯了。

那好吧，我们设定莱斯莉是从她的母亲那里接管的生意。这是一种嘲弄性别刻板印象的巧妙方式。然而，更重要的是，她强大到可以帮助罗斯，这一点就具有了说服力，因为她从自己母亲那里学会了怎样成为女强人。

6 改变人生的事件

改变人生的事件通常发生在第一幕结束的时候。一般是由反面角色引起的，而且牵涉到主角的缺陷，迫使主角必须对此作出回应，改变他的生活。这样的转折总是带来挑战、威胁或者机会。在《离开拉斯维加斯》或《断背山》这样的悲剧中，主角不能应对、克服或选择转折事件，最后以某种方式毁灭——比如《离开拉斯维加斯》中身体上的毁灭或《断背山》中精神或情感上的毁灭。

改变人生的事件应该迫使主角在他的缺陷与改变带来的机遇二者之间作出选择。这是本书最重要的陈述之一。由于主角需要在二者间作出选择，转折事件就因此增加了保留缺陷的代价。

例如，在《铁钩船长》中，彼得的缺陷剥夺了他的童心以及随之而来的快乐与自由。铁钩船长绑架了孩子们之后，彼得的缺陷使他无法救回现实生活中他的孩子们。你看得出转折事件是如何突然增加了保留缺陷的代价了吗？

《离开拉斯维加斯》中，本最后自杀了，甚至从未试图拯救过自己。尽管如此，在故事中有一个转折事件，当遇到萨拉时，他本来可以作出不一样的选择。他本来可以选择萨拉给予的爱。

而本选择保留他的缺陷，决心酗酒自杀。因此他的缺陷使他失去的不仅是他那空虚失意的人生，还有与一位美丽又有爱心的女人共度一生的可能。

主角选择他的缺陷而放弃机会的故事就是悲剧，就像希腊悲剧或莎士比亚悲剧一样（如《俄狄浦斯王》、《罗密欧与朱丽叶》、《麦克白》）。

主角的性格缺陷与人生转折事件的关系是构成所有优秀剧本的核心，后面我会对此详述。但是请让我再次强调，主角的性格缺陷与人生转折事件的关系是所有优秀剧本中最重要的元素。

还有一点请注意，在以下列举的每个例子中，都是由反面角色引起转折事件的发生。这一点也是一个需要牢记的重要技巧。

著名电影中的例子

电影《蝙蝠侠：侠影之谜》中，转折事件是杜卡带着布鲁斯·韦恩逃离监狱，来到喜马拉雅山上的一座寺院对他进行训练。这对布鲁斯来说是巨大的挑战，让他从对父母之死的内疚中解脱出来，在生活中找到有意义的事情。

《百万美元宝贝》中，转折事件是女拳击手玛吉走进弗兰基的生活，不停地烦扰他，直到他最终答应训练她。这对弗兰基来说之所以是个冒险，是因为他由于某种我们未知的原因失去了他的女儿。可能她还活着，但不想回复他的邮件，这一点困扰着他。而现在，他给予一个与自己女儿年纪相仿的年轻女性关爱，与女儿相处失败的痛楚使得这段新关系极为冒险。

《铁钩船长》中，当铁钩船长绑架了彼得的孩子们，其中的挑战、冒险与机会都很明显。

经典对白

“如果这就是尽善尽美呢？”

——《尽善尽美》

“我来这里找水。”

“那是个沙漠。”

“是我搞错了。”

——《卡萨布兰卡》

“你担当不起真相！”

——《义海雄风》

“毕竟，明天又是新的一天！”

——《乱世佳人》

《洛奇》中，转折事件是阿波罗·奎迪向洛奇提供了参加世界锦标赛的机会。尽管洛奇认为自己是一个失败者，但这个机会太难得，以至于连他都无法拒绝。他必须作出回应，而在回应的过程中，他开始克服自身的缺陷，重新把自己定义为一个坚强勇敢、永不放弃的人。

我们的故事

如果人生转折点要求主角在自身缺陷与某个机会间作抉择，那这个事件就必须提供一个主角无法拒绝的机会（如洛奇参加世界锦标赛），或是一个他无法忽视的威胁（如彼得的孩子们被铁钩船长绑架）。

我们有无限的自由去发挥，但我们还是要简单化。假若罗斯迷恋上了盟友莱斯莉，那么我们就设定莱斯莉由于反面角色马特而身处险境。这就可能迫使罗斯在他的懦弱与解救心上人莱斯莉的机会之间作出抉择。

之后我们或许会再做改动，现在设定马特从公司挪用公款，这威胁到整个企业的生存发展。请记得，这不仅仅是莱斯莉倾注了心血、汗水与泪水的生意，而且是她已故的母亲留下的。失去企业将是一个巨大的威胁。

此外，如果企业破产，公司里的每个员工都会受到影响，他们的工作或许还有养老金都会失去。年长的员工面临找不到工作的现实。假若莱斯莉如我想象般善良，失去母亲的企业和她珍爱的员工将是一个沉重的打击。

还有一点我们也要记得：马特不仅狡诈，而且是个危险的人。

因此，罗斯面临什么样的抉择呢？哦，他可以避而远之，找到另一个合适的环境，继续做一个驯顺的小会计员。然而，那样的话，他将失去与莱斯莉在一起的所有机会。而且离开这些一同共事、他逐渐喜欢的同事们也会让他不舍。

罗斯必须决定是选择保留他的缺陷还是获得爱情与友谊的机会（与危险）。我们之后继续编写。

7 危 险

主角必须要失去一些东西，不论是身体上的还是情感上的。如果没有冲突、危险或高风险，故事就没有了趣味、刺激或紧张感，人们就不会被故事吸引。

你的主角不可能轻易地得到一切，他必须付出代价才能获得所求。终极代价是让他抛掉他的缺陷，因为他将其视为应对残酷生活的保护伞。

要求主角抛弃他的缺陷，就好比要求一个人在枪战中脱掉防弹背心一样难。所以转折事件必须要有足够的说服力，才能迫使主角在他的缺陷与事件带来的机遇、威胁或挑战之间作出抉择。

著名电影中的例子

在《断背山》中，恩尼斯会失去一切。1963 年美国怀俄明州对同性恋者来说不是个安全的地方，因此如果要做真实的自己，他肯定会有丧命的危险。同样重要的是，或许，他会失去家人、朋友和工作。这对我们走进他的世界、体会他的恐惧起到很好的作用。尽管看到主角自我毁灭让观众们心疼，但他们理解为什么主角会选择他的缺陷而放弃机会。

经典对白

"围捕嫌犯。"

——《卡萨布兰卡》

"给我来份和她一样的。"

——《当哈利遇上莎莉》

"你需要一艘更大的船。"

——《大白鲨》

"警徽？我们没有警徽！我们不需要警徽！我用不着给你看什么臭警徽！"

——《浴血金沙》

《蝙蝠侠：侠影之谜》中，布鲁斯·韦恩面临巨大的危险。首先是生命危险，他可能被他的敌人杜卡杀掉。接着是杜卡毁掉整座城市的危险，这可是布鲁斯的父母倾心建造维护的城市。这里也有情感上的危险——布鲁斯觉得对父母的死负有责任，而保护高谭市就是他弥补的方式。如果他无法阻止杜卡从而保护高谭市，他就无法纪念父母，也无法实现自我救赎。

我们的故事

我们已经阐述了罗斯需要作出的抉择：他必须在二者间进行选择，一方面是失去与莱斯莉发展的机会（以及失去他在公司员工中的朋友），另一方面是失去他的缺陷为他提供的人身安全。

然而，他面临的危险具体是什么呢？嗯，如果他选择保留缺陷，他就会失去莱斯莉、他的同事以及工作。更不用提他在莱斯莉和同事需要的时候抛弃了他们，这（以及羞愧感）将成为他永远的负担。

另一方面，如果罗斯决定尝试着克服自身的缺陷，帮助莱斯莉和同事们，他就必须面对马特以及马特对他的所作所为。既然我们希望这个故事中出现戏剧性、动作以及紧张局面，我们就简单地设定马特是一个危险分子，很可能伤害任何试图阻挡他的人。

然而，对罗斯来说，最大的危险是重复多年前的灾难，那时他的胆小害死了许多人。

8 整合故事要素

现在，你知道你需要一个主角、一个反面角色、一个盟友以及其他必要元素。但你不了解的是，什么样的主角是你需要的、什么样的盟友是合适的、什么样的反面角色是对主角既有说服力又有趣的衬托等诸如此类的问题。

好消息是，你只需要明确故事必要元素中的一两个，就可以弄清楚所有其他要素。如果你清楚你的主角应该是什么样的（遭遇信仰危机的神父，或在壁橱中发现外星人的小男孩），你就可以通过这个故事要素（主角）搞清楚剧本中需要的所有其他要素。

更好的消息是，找出各种要素的过程很简单。这个过程构成所有剧本写作的基础，即提出问题和回答问题。

假如我们只选出一个要素，然后猜想我们故事中的其他要素应该是什么样的，以此作为开始。这与构建我们的故事时的做法相似，但是这次我们选择一个不一样的要素开头。

以一个要素引出其他要素

假定我们以一则有趣的转折事件开始，用它来弄清楚我们的故事中其他六大要素是什么样的。

在这个例子中，假定转折事件是一个年轻女人买彩票中了大奖。接着，作为剧作家，你必须提出问题才能弄清楚其他要素是怎样的。

这个事件会提供什么样的机遇呢？当然是变得富有的机会。如果我们的主角原本就很富有，彩票就真的不会提供什么机遇了。只有当我们的主角为钱所累，或至少还不富裕的时候，彩票才能充分发挥作用。现在，若我们的主角是个穷人，彩票可以解决这个问题，剧本不到 30 页就该完结了：一个贫穷的年轻女人买彩票中奖，从此过上幸福快乐的生活。

因此，如果我们的主角是个穷人，彩票可以让她摆脱贫困，性格缺陷就必须是让主角甘愿贫穷的缺点。赢了彩票就会迫使主角在她的缺陷与这个转折点带来的机会之间作出选择。

主角自身具有什么样的缺陷，会使其利用转折带来的机遇变得不可取、困难甚至不可能呢？或许她是一个反对物质主义的人。她可能是一个修女或其他类型的苦行者，曾发誓要坚守贫困。又或许，她来自富裕的家庭，他们的腐败堕落使她决定放弃财富。再或许，她有许多朋友，过着低层社会的生活。她害怕如果她接受那笔奖金，并不可避免地随之改变生活方式，就会失去他们。

或许，她的恋人是一个贫穷但努力工作的人。她知道如果她突然变得富有，他的自尊心永远无法忍受自己变成一个“吃软饭的男人”。这样的故事在那些与“平凡”人结婚的富贵名流中屡次上演。比如，布兰妮·斯皮尔斯嫁给了一个卑微的舞者，伊丽莎白·泰勒①嫁给了默默无名的“百吉饼男孩”。

好，我们可以选择的情节有无数种。根据我们唯一的要素——转

---

① 伊丽莎白·泰勒（Elizabeth Taylor），别名 Liz，1932 年出生，美国影视演员。代表作有《玉女神驹》、《郎心如铁》、《巨人传》、《埃及艳后》。主要成就：第 33 届奥斯卡金像奖最佳女主角奖、第 39 届奥斯卡金像奖最佳女主角奖、美国电影金球奖最佳女主角奖、英国电影学院奖终身成就奖等。

折事件——我们只从中挑选一条故事线添加进去。

或者，中奖并不是真的全凭运气，而是主角的努力收获的意外之财。比如，我们的主角是一位作家或其他类型的艺术家，他的一本书（或剧本、歌曲等）终于获得了成功，这是一笔巨大的意外财富，可能随之而来的还有名誉和地位。

女主角努力奋斗了数年终于成功，而她与恋人相知相爱，正是在他们都郁郁不得志的时候。现在，唯独她成功了，这对他们的关系造成的压力将会制造出有冲击力和说服力的剧情与冲突。

若主角是一个中产阶级或更低层的阶级，她虽然在应付各种账单时焦头烂额，却也享受与她的社会地位、经济水平相当的人们一起生活的质朴快乐。这笔意外之财会在新近名利双收的主角和她热爱的这些与她生活在一起的工薪阶层之间造成一条鸿沟。

让我们再进一步，创作出更多的必要元素。首先是缺陷，对此我们有众多选择，我们就随机地将其设定为主角身居高处，害怕改变现状。

好，那么谁是反面角色呢？我猜是她的恋人。为什么他是反面角色？因为他或许反对主角避开成功的想法（这使他同时也是盟友），又或者反对主角的成功（比如，他并不把她的利益放在心上，这样做只是出于嫉妒）。

为了判定一个反面角色是否“合适”，我们可以提出一个最关键的问题：他引发了改变人生的事件吗？让我们假设反面角色即主角的恋人，把她的一个艺术作品（油画、歌曲、小说或剧本）交给了一个出版商或画廊老板，这使她一举成功，获得意外财富。

谁是主角的盟友呢？假若她的恋人真的决定阻止她成功，与主角处于同一经济水平的一位邻居或朋友将成为出色的陪衬。她可能理解主角的担忧，同时又是帮助主角克服缺陷的最佳人选，因为她深知贫穷和不稳定带来的痛苦与失落。

这样，我们就有了一个主角、改变人生的事件、反面角色、主角的缺陷以及主角的同盟，而这些都是从我们清楚的一个要素——改变人生的事件——中推测出来的。我可以（并且可能!）继续深入展开故事，但到现在为止，它已经是一个优秀的范例，向我们示范如何仅仅利用故事结构中各个要素间的相互关系，在短时间内就由一个故事要素构建出整个情节概要。

然而，如果有利于创作出更加优秀的剧本，不要害怕改动任何故事要素。

备选方案

我把改变人生的事件从彩票中奖调整为通过努力赢得回报，这使故事变得更加简单。任何有效的方式都可以采纳。往往它并不是你想象的那样。跟随你的思绪，只要它能帮你说出你想说的，帮你创作出一个既有趣又有说服力的故事。

假如你真的希望我们的主角彩票中奖，你感觉那就是叙述故事的最佳方式。关键是要思考一下我们的剧情有什么问题。好的，如果人生转折纯属彩票中奖的偶然事件，反面角色怎么可能引起事件发生?

我们假定主角出身富裕家庭。她的家人挥霍财富，欺骗他人以获取金钱、积累资产、增加财富。这个家的家庭成员利欲熏心，甚至忽视他们的女儿——我们的主角。

所以现在我们具备了两个要素：彩票中奖，以及受成长环境影响反对物质主义的主角。我并不打算将反对物质主义当做主角的缺陷，因为它本身就不是缺点。事实上，反物质主义可以被看做一种思想开明的观点。因此我们用这个词语定义主角，而不是把它看做一种性格缺陷。我们也具有了反面角色——父母任意一方都可以，我们设定为她的父亲。

不错，我们已经拥有了七大要素中的几个要素。但是，其中一个要素即反面角色遗漏了一些关键信息。这个父亲并不是改变人生事件的诱导者。但我们可以弥补这一点，用上我们讲故事的工具——以及一点想象力和巧妙构思。

我们假设，这位父亲一直试图让疏远的女儿“恍然大悟”，回到物欲横流的上流社会。就在人生转折事件发生前，他去看望他的女儿，试图把她带回到上流圈子来。他们发生了争吵，恼怒的父亲在她的咖啡桌上扔下一张彩票，说道：“给，我在来的路上买的，本来是要和解，但我猜现在已经没有必要了。你就把它当做你在这破屋子里生活的写照：你的人生渺然无望。”

父亲离开了，女儿愤怒地把彩票揉成一团，丢进角落里。接着，数天之后，她发现那张彩票中了千万美元大奖。这样，我们就有了一个引发转折事件的反面角色。这个事件将迫使我们反物质主义的主角在她的原则（以及对家人物质主义的痛苦记忆）与1千万美元的头奖之间作出抉择。

经典对白

“你想要吗？我要到她的号码了！瞧我牛吧！”

——《心灵捕手》

“今天，我认为自己是地球上最幸运的人。”

——《扬基的骄傲》

“我会回来的。”

——《终结者》

“弹吧，山姆。弹‘时光飞逝’。”

——《卡萨布兰卡》

我们至少还需要一点：一种性格缺陷。假定我们的主角的缺陷是，她害怕如果她像父母那样有钱，就会成为像他们那样的人，屈服于贪婪残忍，变得极端物质。更确切地说，她对自己的美好心愿缺乏信心，这使她一直把自己禁锢在贫困与失败之中，以此避免让自己受到那些令父母屈服的诱惑。

在某种程度上，这与经典希腊悲剧《俄狄浦斯王》相似。俄狄浦斯去找先知，先知预言他会弑父娶母。他认为自己真的可能那样做，于是就逃离了他的城市。俄狄浦斯不知道的是，他是小时候被现在的父母收养的。猜猜最后怎样了？对，他来到故乡，遇到了他的生父生母。在那儿，他并不知道他们是自己“真正的”家人，最终他杀死了生父、迎娶了生母。当发现真相后，他剜掉了自己的双眼。

俄狄浦斯的缺陷是什么？他没能相信自己的善良。如果他相信自己，就不会离开养父母，逃离家门。他会依靠他与生俱来的善良，避免预言的悲剧发生。

这与我们的故事主角有几分相似。她避开财富，是因为她不相信自己的品德足够优良，可以拥有财富的同时不像她的父母那样滥用财富。

所以，现在我们有了主角、改变人生的事件、缺陷和反面角色。为主角设定一个同盟怎么样？让我们从上一个方案中她的恋人那里展开——一个善良、努力工作的人。尽管他有目标，品性良好，但似乎永远只能跻身中产阶级或中下层阶级。突然间，他的恋人，即我们的主角，有可能变成千万富翁。这对他们的关系会产生什么影响？此外，这对我们主角的恐惧，即担心财富会像摧毁父母一样毁掉她的生活，又有什么影响？

既然她的恋人是主角的同盟，他的职责就是帮助主角克服缺陷，这个真诚却并不成功的年轻人必须能够帮助她。他必须有某种方法，可以影响她，帮助她克服自身缺陷。这种方法可以是做一个正面的榜样，不论贫穷与富有，他都怡然自得，因为他了解自己的内心。他是居中的，两种情况都可以应付，既不会变得沮丧，也不会生出傲慢。他也可以成为反面的例子。也许他变得财迷心窍，使我们的主角确信这笔钱会毁掉她的生活，就像摧毁她父母的生活一样。又或许，她了解到自己与盟友不一样，不必惧怕金钱会使她堕落。

无论哪种方案都可以搭建出有趣的故事，选择哪一种则取决于另一个问题：在故事结尾，你希望你的主角是什么结局？你希望她变得富有，还可以驾驭财富吗？或者，你希望她虽然贫穷却感激自己所拥有的，而不用因为拥有父母那样的财富从而需要承担财富带来的危险，因此感到迫不得已？

只需清楚故事中的一个要素，你就可以在此基础上创作出其他要素，接着是情节概要（故事的简短介绍，包括七大关键要素，详见第14章）、大纲（剧本中各个场景的简短描述，详见第15章），最后是故事本身，全部以一个要素为基础展开。这个要素可以是主角、缺陷、改变人生的事件、反面角色、主题（故事讲的是什么，比如贪婪、自尊、仇恨、暴力、爱情、家庭）、主角的同盟、同盟的行为模式、有利的故事环境，等等。

主角的心愿

提示：剧本开头，主角的目标或者说心愿并不总是对他自己有利的。举例来说，守财奴的心愿可能是握紧他的财富。反面角色或许是一个充满爱心、慷慨大方的人，他希望这个守财奴（主角）将钱财投入到有价值的事业中去。假如主角的吝啬使他变得孤独、痛苦、多疑，无法享受他的财富，那么事实上反面角色是在帮助主角，阻止他实现心愿，那是以幸福快乐为代价的守护钱财的心愿。这是一种反面角色亦是同盟的典型情况，即阻止主角得到想要的事物，同时迫使他战胜自身缺陷。

在角色的能力范围之内

主角必须在其自身能力范围内改变缺陷。如果他不能在卡内基音乐厅演奏，是因为他在事故中失去了双手，这不是性格缺陷，而是身体缺陷，他对此并不能做什么。

另一方面，真正的缺陷或许是，这位身体残疾的钢琴家放弃了对生活的期望。对此，他可以改变。他可以在家里培训一个徒弟弹奏钢琴，并且（或者）创作一首乐曲给别人弹。他还可以获得成功，而如果他决定沉溺在顾影自怜中，可能得到的就是失败。

性格缺陷与人生转折事件之间的联系

此后我会一再提及这一点，因为它很重要：人生转折事件必须迫使你的主角在他自身的缺陷与转折带来的机遇之间作出选择。

反之，主角的缺陷必须可以阻挡他对转折事件顺利作出回应。否则，他不必改变也可以作出回应。如果他无须改变，他就不会改变，这样就没有故事了。主角的性格缺陷与人生转折事件之间的关系可能是剧本中最关键的。这种关系存在于每一部优秀的电影中，尤其是《离开拉斯维加斯》这部黑色悲剧。

《离开拉斯维加斯》中，本的性格缺陷是他的自杀冲动。人生转折事件是遇见了萨拉。萨拉代表着生活，本被迫必须在死亡与生活之间选择。由于它是部悲剧，本选择了死亡。然而，如果查看电影的诸多要素，剧作家可以轻松预测到几个结局。所有的结局都是基于性格缺陷与人生转折事件之间的关系。

第二部分 故事结构

9 序　幕

现在，我们来探讨故事结构的一些要素。序幕由剧本开始前发生的故事构成，也称为背景。背景包括造成主角缺陷的事件、他的自我评价以及故事开头时他最初的心理状态。这一点之所以很重要，是因为它使主角的缺陷合情合理，有助于作者判断主角需要怎样做才能克服那个缺陷。

结构要素的基本清单

这个大纲是对接下来几个章节所讨论内容的简要概述。

主要的背景元素

- 起因
- 原始环境
- 最初的挑战
- 最初决定性的决策
- 原始的自我定位
- 最初的情绪状态
- 性格缺陷

第一幕的主要元素

- 主角及其缺陷
- 主角的可取之处
- 主角周围有利的故事环境
- 主角的动机和立场
- 反面角色和主角的盟友
- 人生转折事件

第二幕第一部分的主要元素

- 主观与客观故事线
- 时间期限
- 主角对转折事件的情感反应
- 主角对转折事件的身体反应
- 盟友提供帮助
- 主角制定行动方案
- 主角及盟友对反面角色发起第一次行动
- 反面角色反击，表明其立场
- 盟友就主角的阻碍与其对峙
- 主角重做决定，面对转折事件
- 主角扩大其关心的范围
- 主角面对自身缺陷
- 主角说服盟友再给他一次机会
- 主角向盟友证明自己
- 主角部分自我救赎，团结盟友
- 第二幕主角与盟友之间的对峙
- 主角向盟友展现其性格缺陷的一部分
- 同盟对主角提出要求

- 盟友展示自己的努力

第二幕第二部分的主要元素

- 主角的抉择
- 主角与盟友联合对抗反面角色
- 主角将其关心范围扩大
- 反面角色还击主角及其盟友
- 反面角色增加威胁范围
- 主角打破自己的原则
- 反面角色行动，迫使主角彻底抛弃自身缺陷
- 主角认识到真正的危险
- 第二种环境、挑战、抉择、自我定义和情感状态
- 主角最后一次扩大关心范围
- 无法回头的界点

第三幕的主要元素

- 孤注一掷
- 对主角的损害增加
- 低谷
- 主角发现反击机会
- 观众完全认识到反面角色的威胁
- 主角了解到危险升级
- 最后的斗争
- 主角与反面角色全方位交战
- 主角重申立场
- 主角打败反面角色，或被反面角色打败
- 由于故事中的事件，主角改变，直面未来
- 最后的意外转折（可选）

现在我们来定义一些关键术语。

起因：首先是指造成主角培养或接受其缺陷的一系列事件，发生在主角被卷入某种环境的时候。

原始环境：是指主角被卷入的环境。战争、虐待、婚姻、离婚、丧偶、名声在外、声名狼藉……

最初的挑战：主角被要求或命令接受的挑战，不论是否做好准备，他都不得不面对的挑战。

最初决定性的决策和**原始的自我定位**：是指主角回应最初的挑战时作出的决定。作为决定的结果，主角会以某种方式对自己定位，把自己界定为失败者或胜利者。

最初的情绪状态：是指由最初的决策和定位引起的主角的情绪状态，比如愤怒、仇恨、恐惧、羞愧等。

性格缺陷：是情绪状态的公开表达。主角会将仇恨深藏内心，任由其吞噬自己吗？抑或，主角将情绪宣泄出来，变成一个恐怖主义者或谋杀犯？或者仅仅成为一个受仇恨驱使，为获得成功不惜牺牲他人，自私自利、惹人讨厌的家伙？

背景介绍型 VS. 背景略过型

背景故事由引出电影开头的诸多事件构成。电影的开头是主角生活中那个被我们开始关注的时间点。

你可以使用任何有效的方法，向观众展示主角的背景故事。我们以电影《阿甘正传》与《百万美元宝贝》为例。《阿甘正传》开头是阿甘的幼年，实际上我们亲眼目睹了阿甘的成长过程，看到他成为电影后半部分中的阿甘。

《百万美元宝贝》中，在电影开头，弗兰基就展现出阻碍他的缺陷，但我们不是立马就清楚他的人生是如何走到这一步的。到最后我们才明白，原来他觉得自己对斯凯普失去一只眼睛负有责任，对造成自己与女儿疏远也有责任。这就叫做“背景略过”。

不同电影对背景内容展示的多少大相径庭。在《阿甘正传》中，我们看到所有的背景都在银幕上展示。在电影《洛奇》中，我们只通过一个一闪而过的短镜头看到洛奇·巴尔博亚卧室中的一张照片，接着是大概在电影中间部分的时候有一次提到洛奇的过去，洛奇说他的“老爸”告诉他：“……我天生就不怎么聪明，所以我最好使用我的身体。”这是洛奇做一切事情的动机——他的生活方式，他的失败，他对于自己是个失败者的态度。

大多数电影采用“背景略过”的方式，但这取决于你，毕竟你是作者，那是你的剧本。我更喜欢采用电影一开头主角已经暴露其性格缺陷的方法，因为这样我们就可以享受发现的乐趣，推测谁是主角，以及他为什么是这样的。

著名电影中的例子

电影《断背山》严格地遵循了我们的模式。

尽管影片开头并没有介绍人物背景，观众很快就了解了恩尼斯的童年。恩尼斯在种族主义和性别歧视严重的美国南部长大，他对社会观念一清二楚：他是一个不受欢迎的变态，应该被杀掉。恩尼斯最初的挑战是找路子谋生，同时忠于自我。他成功地生存下来，却迷失了内心，丧失了勇气。

他做出的决定，或者称为最初决定性的决策，是隐藏他真实的自我。他的自我界定是——如前所述，一个不受欢迎的变态，应该被杀掉。最初的情绪状态是恐惧——害怕被发现，害怕像童年时看到的那个男同性恋者一样被杀掉。

恩尼斯的缺陷是他无法对杰克作出承诺，他甚至不敢暴露真实的自己。由于这部影片是一部悲剧，恩尼斯无法克服他的恐惧，他拒绝了与杰克一起在他们自己的牧场生活的提议。

我们的故事

让我们回到第一部分搭建的故事中，加入一些结构要素。我们知道我们的主角罗斯一开始是个胆小鬼，因此我们需要创作一个故事背景，使得他变成那样的胆小鬼具有说服力。尽管在前几章中，我们提到罗斯是一个前“绿色贝雷帽”，这一部分我们只以罗斯是个懦夫开头，然后过渡到我们将其定为前美国特种部队队员的那个部分。

过去发生了什么令人痛苦的事，以至于在之后的几年里塑造了这样的罗斯？嗯，我们以一个小伙子奔赴战场作为开头如何？战争是冲突与戏剧性的沃土。最优秀的电影中就有一些是战争题材，比如《硫磺岛浴血战》、《全金属外壳》、《荣归》、《辛德勒的名单》、《苏菲的选择》、《卡萨布兰卡》、《大逃亡》，以及《战火屠城》。

因此，罗斯是一名战士。这是我们故事的起因。罗斯被派往战场。于是原始环境变成战争本身。为了让剧情再复杂一点，我们假设罗斯在政治层面不赞同这场战争，但他相信这是他的义务。

接着，战争期间，罗斯被要求冒生命危险，以某种方式打击敌人——这是最初的挑战。

最初决定性的决策和原始的自我定位

罗斯现在要在战斗与逃跑之间作出抉择。罗斯决定逃走，但并不是因为他复杂的政治观点——完全是因为恐惧。这是最初决定性的决策。之所以称之为决定性决策，是因为这个决定使罗斯对自己作出定位——并且（或者）被其他人定位。原始的自我定位是此后罗斯对自己的定义。

因为罗斯最初的逃跑决定是出于恐惧而不是原则，所以他的原始定位是懦夫。

最初的情绪状态

罗斯的原始定位是懦夫，这引起了他内在的最初的情绪状态。这种情绪可以是对政府的怨恨，使他置身于自己觉得无法应对的境况中。抑或，罗斯最初的情绪状态是恐惧，害怕有人发现他的胆小，或是害怕身处令其懦弱彰显无遗的境地。也可能是内心愧疚或自我厌恶。这里我们设定为恐惧。所以说，罗斯害怕自己的恐惧心理。

性格缺陷

罗斯的情绪状态会通过某种行为公开地表达出来。假如罗斯深感愧疚，他可能会萌发讨好他人的强烈愿望，试图为他的内疚感赎罪。

假如罗斯对他最初的自我界定感到羞愧，他可能会拒人千里，生怕有人发现他的过去。

假如罗斯由于被置于最后令其难堪的境况而对政府充满仇恨，他可能会满心怨恨地对待整个世界，哪怕起初去战场是他自己的决定。(他的懦弱的另一方面可能是把自己的恐惧与问题都归咎于他人。)

作为一个胆小鬼，罗斯可能觉得自己不配拥有幸福、爱情或友情。他可能会否定自己，也可能谎称自己是一个战争英雄，并将整个人生建立在这个谎言之上。

对于我们懦弱的主角罗斯，有太多可以设想的地方。这一点很重要。如果基于原始的自我定位，你只有一个选择，那么作为作家你就失败了。

最初的情绪状态的外露就是主角的性格缺陷。对于我们的故事，我们设定罗斯拒人千里，担心别人发觉他真实的样子。通过疏远人们，他保住了自己的隐私，但也成了一个孤独的人——这些都出于自己的选择，但并没有因为是自愿的选择而变得不那么孤单。

这是一个有趣的情节线索。一个人既是训练有素的杀手，又表现出胆小的特质，这样的人总有吸引人的地方。

这种矛盾伴随着罗斯本性上的两面之间的冲突。这个吊钩可以使故事变得丰富而刺激：“一个身怀恐怖技能的胆小的美国特种兵，试图克服自己的懦弱，重拾自尊。”

10 第一幕

在三幕剧结构中，第一幕以转折事件结束，大概 30 页左右。第二幕出现斗争，显示主角如何在克服缺陷与保留缺陷之间作出决定。第三幕展示主角与反面角色发生斗争，一方胜利。在本书中，我们将三幕剧结构分成四个部分，即把第二幕分为两节，每节 30 页。这种手法意味着在第二幕第一部分中，主角将面临一个冲突，迫使他在缺陷带来的舒适与他明白的正确的事之间作出选择；第二幕第二部分出现主角与反面角色之间的斗争。

传统上，第一幕的长度一直是 30 页左右。但是近来，电影脚本有缩短的趋势，如今第一幕的长度更接近 25 页。缩减剧本的趋势目的据说是为了使电影发行商每天多放映一场，特别是对于反响平平的大片，在遭到差口碑封杀之前，它们需要在尽可能短的时间内放映尽可能多的场次。我不愿意相信这样的话，但考虑到大多数好莱坞影片质量欠佳，或许发行商采取这样的手段也是合理的。

介绍主角及其缺陷

剧本第一幕的目的是描述和界定故事的主角。

首先，这意味着要描述阻碍你的主角成就自己的那个根深蒂固的性格缺陷。我们知道，在现实生活中，我们浑身上下都是缺点（至少我的前妻坚持这样认为)。但是，在时长两小时的电影中，我们没有时间应对一个有许多缺陷的主角，要解决或者至少指出或发现这些缺陷需要足够的时间。

鉴于此，剧作家必须聚焦在一个缺陷上，在故事开头，这个缺陷对主角和他周围的人影响最大。

这个缺陷可以是恐惧、怨恨、逆来顺受、互相依赖、贪婪——任何严重到阻碍主角的事物，任何顽固到使主角难以克服的事物，但它也必须曾经是一种主角应对某种创伤的方法。

《尽善尽美》中，我们一开始就看到了梅尔文·尤德尔和他的缺陷。第一个场景是他把邻居的狗扔进垃圾桶，表明他的反社会人格。这一点通过许多方式表现出来，但主要是这个人需要学习如何与他人相处——邻居、狗、服务员，以及整个世界。我们可以看到他的反社会行为对他如何起作用。他有太多恐惧——害怕细菌，害怕出门，害怕同性恋者，害怕人们闯入他家，害怕踩到地板裂缝，害怕恐慌发作——将人们拒于千里之外似乎是应对世界上无数威胁的唯一方式。

《大审判》中，影片开头是保罗·纽曼①饰演的弗兰克·高尔文在殡仪馆里分发名片——他是一名律师，确切地说，是专门办理交通事故诉讼案的律师。他穷困潦倒，已经放弃挽回自尊的努力。之后我们会明白他为什么这样，但有一点我们很清楚：他是一个大输家。我们后来得知他曾经受理过一个案子，结果变得很糟糕，令他在某种意义上出卖了原则。醉酒是他确保不再发生那种事情的方式。他这么失败，谁会再把类似的案件委托给他？你看，即使是最糟糕的缺陷也会对有缺陷的这个人给予某种回报。事实上，为了他们能保留这个缺

① 保罗·纽曼（Paul Newman），1925—2008年，美国著名演员、赛车选手、慈善家，曾获戛纳影展、金球奖、艾美奖最佳演员奖以及奥斯卡金像奖终身成就奖。1986年以《金钱本色》赢得奥斯卡金像奖最佳男主角奖。创立一家名为“Newman Own”食品公司，他个人所持股份获利金额统统捐献给慈善机构；至2007年5月止，个人捐给社会善款多达2.2亿美元。

陷，就必须有丰厚的回报。

如前所述，在《婚礼傲客》剧本一稿中，杰瑞米告诉一个客户，“婚姻是一个诅咒，是对我们的原罪的惩罚。”然后他走进约翰的办公室，策划他们的婚礼季，包括闯入婚礼、引诱脆弱的女人，而后逃之夭夭。很显然，这两个人都受过某种伤害，而且是被女人伤得很深。他们保护自己的方式是做一辈子单身汉，不断发生一夜情，闯入婚礼现场，以此当做否定婚礼和女人的价值的方法。

无论你以何种方式呈现，第一幕就是要介绍你的主角和他的缺陷。

展现主角的可取之处

除性格缺陷以外，第一幕还要展示主角的可取之处，这可以缓和主角的性格缺陷，使主角有趣又（或）可爱，这样我们才会花两个钟头，付 10 美元去看他向着旅途的终点前进。

我们回到电影《大审判》。当保罗·纽曼饰演的弗兰克正试图递名片给一位刚刚失去丈夫的寡妇时，他被人轰出了殡仪馆。他坐在人行道上，爬了起来，接着，当他拍打身上的尘土时，他做了一件重要的事：他颇为尴尬地环顾四周，观察是否有人看到他被扔到大街上。这恰好足以让他意识到自己需要自我拯救——他知道自己有多么堕落，但他仍会为此感到难堪。这是主角的可取之处，使之后的故事变得可能，也让观众继续留在电影院，跟着这个笨蛋看到故事的结尾。

千万不要低估你的主角的可取之处的重要性。没有那些特点，你从一开始就会失去观众，因为他们不会给一个无可救药的人物加油。

展示主角周围有利的故事环境

请牢记，有利的故事环境是主角发现或创造的、允许其保留缺陷的环境。电影《百万美元宝贝》中，早在第一幕开头就介绍了故事环境。在搏击比赛中，在肮脏、务实、极度现实的拳击世界里，人们总是被击倒，又总是爬起来，但他们知道下一击又要来了，根本不用希望别的。生活就是那样，不是吗？

这样的故事环境允许洛奇和弗兰基继续前行，做他们真实的自我，而不必引人关注——两个人都放弃了，一个是因为他的父亲说的话，另一个是因为没有尽到父亲对女儿的责任。弗兰基也辜负了斯凯普，弗兰基让斯凯普坚持完成比赛，导致他失去一只眼睛。

在《心灵捕手》中，我们看到威尔·杭汀跟他街头的朋友们在南波士顿的酒吧喝酒，看到他在麻省理工学院做清洁工打扫走廊。这两种环境都符合威尔的目的：他可以做一个愚蠢的街头小子，尽管事实上他的才智超乎常人；他又可以接近麻省理工学院中的国家精英。在两种环境中，他都不需要摆脱自身缺陷。

展示主角的动机和立场

第一幕要完成的最为重要的任务之一是传递主角的动机和立场。在主角与反面角色的斗争中，一个主要部分就是两者立场的冲突。双方的立场需要清楚地表达出来。他们的立场可以通过语言表达，最好还要通过行动表达。

比如，你的主角坚信做人要尽职尽责，你的反面角色认为尽职尽责除了带来伤害什么也得不到，这两个角色之间出现根本性的冲突。这个冲突将在整体上增加故事的深度。

当然，你也可以让主角与反面角色动机目标相同，但对如何表达动机的立场不同。比如，你的主角也许是一个警察，以法律为准绳维护正义。另一方面，或许你的反面角色是一个恐怖分子，同样是为了维护正义，他试图以摧毁他眼中的腐败政府和不公平的法律来实现目标。

介绍反面角色和主角的盟友

第一幕还应该介绍反面角色，或许还有主角的盟友。（有时，主角的盟友在第二幕的开头出现，正好在转折事件之后。）

反面角色的出现通常不会晚于转折事件，因为毕竟是反面角色引起了转折事件的发生。

《百万美元宝贝》中，反面角色玛吉大约出现在前 5 页，但直到大约 30 页之后才真正引发转折事件。盟友斯凯普开头是以叙述者身份引入，到剧本第 10 页左右才现身。

你何时介绍反面角色和盟友并没有硬性规定，只是你最好在大概前 40 页之内介绍他们。

还有一点要记得，一部影片中真正必不可少的角色只有三个——主角、主角的盟友和反面角色。有时同一个人既是盟友又是反面角色，但必须解释清楚这些角色。主角的盟友与主角在一起的时间最多，特别是在第二幕。主角的盟友直接或间接地帮助主角克服他的性格缺陷。例如，影片《致命武器》中，里格斯（梅尔・吉布森饰演）是主角，马塔夫（丹尼・格洛弗饰演）是主角的盟友。马塔夫帮助里格斯克服他想要自杀的性格缺陷。

我已经听到你质疑的声音了："你的剧本可以只有两个角色，或者甚至只有一个角色吗?"我的回答总是只有一个——你可以创作任何类型的剧本，只要你的才智可以使其成功。以《荒岛余生》为例。不断出现的角色只有两个，但它的票房却不错。导演罗伯特・泽米吉斯[①]（代表作：《阿甘正传》和《回到未来》）和编剧威廉・布罗伊尔斯[②]（代表作：《锅盖头》、《不忠诱罪》、《阿波罗 13 号》）表现得很棒，影片中基本上只有汤姆・汉克斯和一个排球。但即使这样，他们

---

① 罗伯特・泽米吉斯（Robert Zemeckis），1952 年出生，美国著名电影导演、编剧。在 1995 年第 67 届奥斯卡金像奖的激烈角逐中，影片《阿甘正传》脱颖而出，一举夺得了最佳影片、最佳导演、最佳男主角、最佳改编剧本、最佳剪辑和最佳视觉效果等 6 项大奖，该片在全球票房高达 5.5 亿美元，被世界影坛称为奇迹。

② 威廉・布罗伊尔斯（William Broyles, Jr.），1944 年出生，美国编剧。其代表作《阿波罗 13 号》获第 68 届（1996）奥斯卡金像奖最佳改编剧本奖提名。

通过使海伦·亨特萦绕在他的记忆里，出现在电影的开头和结尾。然而，他们成功了，至少在经济收益方面。如果你有泽米吉斯的资源、布罗伊尔斯的才智，以及两位奥斯卡获奖演员（汉克斯和亨特）供你差遣，你或许应该尝试你一直打算创作的单角色剧本。否则，你或许应该尝试以下这些剧本中应用到的准则，比如《阿甘正传》、《钢木兰花》、《心灵捕手》、《尽善尽美》、《卡萨布兰卡》等。

介绍人生转折事件

第一幕结束的时候，会发生一个几乎总是由反面角色引发的事件。这个事件是一种威胁、一个挑战，并且（或者）是一个机遇。挑战应该是这样的：除非主角克服他的性格缺陷，不然他就不能成功应对这个挑战。这个挑战恰巧又很吸引人，让人难以抗拒，主角只有冒着危险才能抵制它的诱惑。

有时候，主角接受了挑战，但还是失败了，但在某种意义上，主角赢了，当他接受挑战的时候他就赢了，而不论结果如何。电影《洛奇》就是如此，这正是我们都喜爱这部影片的原因，也是它获得奥斯卡最佳影片奖和最佳原创剧本奖提名的原因。尽管洛奇输掉了拳击比赛，但他又是胜利的，因为他完全接受比赛而且坚持到底。

主角往往试图在不抛掉他的性格缺陷的条件下对挑战作出回应。请记住，对主角来说，他的缺陷是生存的唯一方式，这是他的盔甲。然而，不论主角多么重视他的缺陷，最后他要么抛弃或克服这个缺陷，要么就无法成功应对人生的转折点。主角之所以努力保留他的缺陷，是因为他并不把它当做缺陷，而是看成一种防御机制。因此主角会尽可能长久地

经典对白

“你让我想要成为更好的人。”

——《尽善尽美》

“妈妈总是说，生活就像一盒巧克力，你永远不知道你会得到什么。”

——《阿甘正传》

“你建好了，他就会来。”

——《梦幻之地》

保留它，即便在他希望从人生转折事件中获利时依然如此。

电影《铁钩船长》中，成年的彼得在得知铁钩船长绑架了他的孩子之后，并没有立即恢复到小彼得·潘的身份，甚至在他被叮当小仙女带回梦幻岛时仍未那么做。叮当小仙女和失落的孩子们花了许多工夫才使彼得最终摆脱了他的成人身份，又冒险成为小彼得·潘。

《百万美元宝贝》中，弗兰基保留着他暴躁的脾气，反对让玛吉冒险参加锦标赛。只是在她和斯凯普第二幕自始至终设法说服他之后，他才最终答应让她与更强劲、更危险的对手较量。

这一点很重要，所以请不要忘记：你的主角之所以努力保留自身缺陷，是因为他并不把它当做是一种缺陷，而是视其为一种防御机制。

让我们假设主角儿时遭到一个家庭成员的虐待。主角当时年龄太小，身体上无法逃避，于是年幼的主角就在精神上逃避，他变得孤僻沉默。

后来，主角成年了，可能仍然很孤僻，因为这就是他所习得的应对生活和沉浮的方式。尽管我们作为旁观者可以看出这种孤僻伤害着主角，但主角把它视为一种防御机制，不愿放弃它。

主角的缺陷是他应对生活的方式，这是他的生存方式。

著名电影中的例子

《百万美元宝贝》中，编剧保罗·哈吉斯[①]很快完成了第一幕中的工作事项。

- 主角弗兰基和盟友斯凯普被立马介绍给大家。弗兰基进入，处理拳击手大块头威利比赛留下的伤口。斯凯普通过旁白被介绍，是故

① 保罗·哈吉斯（Paul Haggis），1953 年出生，加拿大编剧、导演。代表作有《百万美元宝贝》、《撞车》。哈吉斯凭借《百万美元宝贝》拿下了当年奥斯卡金像奖最佳编剧奖。2005 年，哈吉斯执导兼编剧的《撞车》获得第 78 届奥斯卡金像奖 6 项奖项提名。

事的讲述者。当弗兰基咒骂、贬低另一个人的时候，我们看到他的暴躁愤怒，看到他不能处理与他人的关系。

● 立即给我们介绍有利的故事环境——拳击世界，在这里，弗兰基对亲密关系的恐惧是被容许的，甚至可能是被鼓励的。

● 反面角色玛吉在下一个场景中当她要求弗兰基训练她时被引入。弗兰基生硬地、更准确地说是粗鲁地告诉她，他不训练“女孩”，这时我们再次看到弗兰基的缺陷。此时，我们看到缺陷已被呈现了两次，因此我们下意识地感受到它的根深蒂固。弗兰基说道，“丫头，光是强硬是不够的。”他这句话也道出了电影的主题。我们之后会看到，因为弗兰基虽然强硬，却远远不够。

● 比赛过后，弗兰基告诉他的拳击手大块头威利，他替威利回绝了一场拳击冠军赛。很显然，他担心他的拳击手受伤，我们看到了缓和缺陷的好品质，使这个铁石心肠的老人值得我们去了解。

起初，转折事件似乎是大块头威利离开弗兰基，因为威利等不及要一战成名。但这并没有改变弗兰基的暴躁和害怕亲密。实际上，被背叛反而使他更加逃避亲密和信任。不，真正的人生转折事件是由反面角色玛吉引发的，她最终迫使弗兰基训练她，这大概发生在故事的第 35 页左右。弗兰基置身于抉择的境况，一边是对亲密的恐惧，一边是与这个跟他同病相怜、出色的年轻女性分享他生活的机会。

我们的故事

让我们充实一下我们故事中这个懦弱的绿色贝雷帽（会计员）罗斯的人生转折事件。罗斯的有利环境是一个中型企业的财务室，那么我们就让人生转折事件发生在公司内。这样，罗斯的环境就会直接受到威胁，这也是刺激他对转折事件作出回应的部分诱因。

在第 6 章中，我们选定了反面角色马特，他从职工养老金和其他基金中侵吞了上百万美元。而没有这笔钱，公司就会破产。

公司员工会遭受失业，还会失去他们毕生的储蓄，那些钱与公司的养老基金和 401（k）退休储蓄计划是连在一起的。

这是一个强有力又具有说服力的人生转折事件。它威胁到罗斯的有利环境（他的工作）。它迫使罗斯在他的懦弱（即他的缺陷）与人生转折事件带来的挑战之间作出选择。

此时，人生转折点把故事带入第二幕，并伴随着一些强劲的动力、戏剧性事件、危险以及冲突。

迄今为止，我们已在第一幕中呈现了罗斯、他的环境、他的缺陷和可取之处。我们介绍了反面角色，展示了罗斯如何将自己隐藏在一系列环境中安全地生活，完整地保留他的缺陷。我们也展现了罗斯懦弱以外的另一面——当他晚间前往银行存款时，痛打了那些企图抢劫的恶棍。

现在，这一切——罗斯的整个环境、他的缺陷、他的生活——真的全部处于危险境地。

11 第二幕第一部分

请注意，我将第二幕分成了两个部分。这是因为第二幕大约长 60 页——长度是第一幕与第三幕的两倍。由于业界对四幕剧本有极大的偏见，于是我将第二幕划分为第二幕第一部分（第 11 章）与第二幕第二部分（第 12 章），这样剧本分解起来就更简单一点。

描述故事线：客观故事线 VS. 主观故事线

第二幕中，我们首先要做的就是描述故事情节。一篇佳作应该有两条故事线："客观"的和"主观"的。故事讲述中最关键的元素之一是设计出两条合理的、互相交织、互相支撑的故事线。客观故事线是主角回应人生转折事件的外在抗争的故事，主观故事线是主角克服其缺陷的内在斗争的故事。

注意：解决主角缺陷的方法应该在主观层面上，肯定不在客观层面上。

一个主角的缺陷必须始终是主观的，或者换言之，必须是个人的。假如主角的缺陷仅仅通过调整外部世界的事物就可以得到解决，或者可以单纯依靠身体层面得到解决，它就是不合适的缺陷。

这样看，每一部拳击题材的电影都是关于一名拳击手努力成为更厉害的拳击手，努力在身体层面取得胜利的故事。一部拳击片之所以不同于另一部拳击片，一部战争片之所以有别于另一部战争片，一部爱情片之所以异于另一部爱情片，关键在于主角的个人缺陷与主角为了在主观层面上克服这个缺陷所经历的过程。

主观层面是主角解决他的问题的层面。

客观层面是主角证明自己已经克服了缺陷的层面。他展示出其在主观层面吸取的教训。

注意：虽然主角缺陷的解决取决于主观层面，但电影的商业卖点通常在客观层面上。卖点是电影的理念，用来将电影售卖给制片厂和观众。例如：

> "一个小男孩在衣柜里发现一个外星人。"
>
> "一个穷困潦倒的俱乐部拳击手得到参加世界重量级拳击手冠军赛这样极为难得的机会。"
>
> "一心自杀的警察与一个几天后退休的警察做搭档。"

这些都是在客观层面上的。(有关卖点，详见第 16 章)

主观故事线在某种程度上通常是对爱的追求。然而，直到主角在客观层面表现出爱的努力，故事才真正开始。这就是大多数优秀影片中客观和主观故事线之间密不可分的关系。

也有例外。在超级英雄这样的"动画"电影或《夺宝奇兵》这样的动作电影中，如果你可以使客观故事线足够牢固，仅有这一条线也可以侥幸成功。然而，请注意，即使是在《蝙蝠侠：侠影之谜》之类的超级英雄电影中，编剧也选择创作了一条有力的主观故事线来重振蝙蝠侠系列影片。

另一点也很重要：你的主角必须有能力对人生转折事件作出回应。如果你的主角是一个懦夫，就不要把他的转折事件设定为必须单枪匹马打败德国纳粹。

是的，单枪匹马打败全体德国纳粹当然会是一个主角已克服懦弱的标志。但是，那样的转折事件是站不住脚的，因为没有哪个英雄可以成功地面对这样的挑战。

选择一条故事线，任何一条

停下来！选择六条故事线。

现在，做练习——选择六部影片，写下它们的客观故事线和主观故事线，以保证你真的理解了这两种不同故事线之间的区别。

时间期限

客观故事线往往也会提供“时间期限”。尽管很多人蔑视时间期限的情节设置——主角必须遵循的期限——若使用得当，它会是一个有力的工具。毕竟，故事发生在时空中，为什么不确保时间和地点用得恰到好处呢?

你或许并不会在每个剧本中都发现时间期限的设置，但如果适用于该故事，它就是一个有价值的工具。

主角对转折事件的情感反应

第二幕的第一个事件是主角对人生转折事件的反应。这种反应可以是否定、愤怒、恐惧、绝望、娱乐、傲慢、宿命论，等等。

主角对转折事件的身体反应

反面角色已经先发制人了，他引发了转折事件。这个事件立即将主角和反面角色置于对立面上。

因此，作出情感反应之后，主角必须在身体上对反面角色引发的转折事件作出回应。他的反应通常是寻找一个盟友，或者向已经出现在他生活中的盟友求助，希望找到一种可以逃避人生转折事件或者面对转折事件而又不用抛掉他的性格缺陷的方式。讽刺的是，主角无意中却是在寻找一个最适合帮助他克服缺陷的人。

盟友提供帮助

盟友首先要做的就是尽力帮忙——毕竟，这才是他在故事中的主要作用。他也许会建议或者赞成一套行动方案。然而，请记住，盟友应对的是这样一个主角：他的目标是保留自身缺陷的同时尽量利用人生转折事件中的机会。于是从这种意义上讲，主角和盟友在第二幕中大部分时间是对立的。

主角制定行动方案

主角或许会接受这个行动方案，或许会拒绝它。只要不会威胁到他的性格缺陷和有利环境，他就会接受这个行动方案。

主角一旦意识到对他的性格缺陷以及（或者）有利环境存在威胁，他就会停止行动。如果他即刻停止行动，那么主角的盟友或许会独自完成行动，这样做使主角感到羞愧，从而加入行动，尽管也许已经太晚了。

如果主角因为没有意识到威胁而接受了行动方案，一旦对他性格缺陷的威胁变得显而易见，他就会在行动过程中突然停止下来。

主角及盟友对反面角色发起第一次行动

无论主角对盟友建议的行动的最初反应是什么，不论是立即停止还是立即接受，下一步都是主角和盟友对反面角色发起第一次行动。

对反面角色的“攻击”可以采取多种形式。在《洛奇》中，米基和洛奇开始更加努力、更有技巧地训练。

在爱情喜剧《婚礼傲客》中，在主观层面，克莱尔是反面角色（萨克是客观层面的反面角色）。她反对的是约翰只想和她发生关系，却尽力避免与她变得亲近。那么约翰做了什么？他立即开始引诱她。他与盟友杰瑞米交流作战计划，并开始发起进攻。

《蝙蝠侠：侠影之谜》中，杜卡是反面角色。布鲁斯如何开始与他斗争？他打破了杜卡靠墙倒立的纪录。在他并不知道有一天会不得不与杜卡抗争的时候，布鲁斯已经努力在体能上胜过杜卡，为这场斗争做好了准备。

《百万美元宝贝》中，弗兰基试图让玛吉远离他的拳击袋，并表明她已经过了做拳击手的年纪。此时便有了攻击！

反面角色反击，表明其立场

反面角色对盟友和主角的首次攻击作出反应，进行反击。在这个过程中，反面角色特意或偶然地表明自己的立场。

主角停止行动会使主角的盟友作出反应。盟友或许会表现出愤怒，或者肯定带有某种程度上的惊讶和困惑。请记住，盟友并不知道主角的性格缺陷。盟友不理解主角为什么停止不前。

主角何时停止取决于你。它经常发生在主角和盟友第一次反对反面角色时，或者反面角色首次反击时。这是危险最大的时候，因此也是张力和戏剧性最强烈的时刻。这是一种展现主角被其性格缺陷阻碍的戏剧性、激动人心的方式，也是引发反面角色作出下一步回应的好方式。

这给主角的盟友攻击主角提供了一个顺理成章的理由。它也极力将主角推向在他的缺陷与机会（比如重新赢得自尊的机会，特别是在他喜欢的女人或他想要留下印象的老板面前）之间作出选择的境地。

这一切起码会对主角施压，使其承认自己有缺陷，而且那个缺陷或许正在阻碍他。

盟友就主角的阻碍与其对峙

这时，主角的盟友会就主角的突然停止与其对峙，或者给他下最后通牒，或者简单地不再与他共事。主角的盟友当然不愿再次经历这样的阻碍（特别是当它包含危险时）。

主角重做决定，面对转折事件

在这一点上，主角也许会努力放弃人生转折事件带来的机遇。或者，他可能愿意面对反面角色，与他的盟友和解。这意味着主角必须重下决心，直面转折，并抓住内在的机遇。

主角扩大其关心的范围

这是主角扩大关心范围的第一个实例。也可能有其他的实例——扩大范围可以分几个步骤发生。在《百万美元宝贝》中，弗兰基开始只关心自己，以及他那失去的女儿。当他把关心范围扩大到包含玛吉在内时，他作为一个人在成长。

《蝙蝠侠：侠影之谜》中，布鲁斯最初只关心他对父母之死的愧疚感。那是他的关心范围。在第二幕第一部分，他最终将整个高谭市都涵盖在关心范围内。

主角面对自身缺陷

这是故事中关键的一点，是主角第一次正视他的性格缺陷。这是他第一次自觉地、自愿地决定尽力克服缺陷，尽管这样做存在危险（虽然只是情感上的危险）。

正如我提到的，你需要将独创性和想象力应用到你的故事中，这就是说何时以及如何介绍一个故事要素，完全取决于你。

主角说服盟友再给他一次机会

然而，若主角这个时候已经彻底克服了其性格缺陷，剧本就会简单又无趣。他首先需要说服盟友再给他一次机会。其次，他需要进一步身体力行对抗反面角色，向他的盟友证明他已经开始应对自己的性格缺陷。

这个时候是主角为其阻碍付出代价的时候。

主角向盟友证明自己

下一步是主角向盟友证明自己改变了主意，值得信任，他通过采取对抗反面角色的行动来证明这一点。这是他摆脱性格缺陷做出的第一次实际措施，也是朝向主角和反面角色在第三幕的最后对峙发展的过程中几个步骤里的第一步。

因此，故事中这个时期主角迫使自己面对的危险，应该与最初他面临的那个当时他无法应对的危险有关联。应该以一种深刻有力的方式向读者或观众以及我们的主角提醒之前的危险。应该使我们感到担忧，想知道主角能否比第一次面临此种危险时做得更好。

主角部分自我救赎，团结盟友

主角开始处理自己的性格缺陷，这一行动使其获得了一些救赎，得到盟友的一些赞许。盟友平复了内心，与主角联合，因为他意识到主角虽然有性格缺陷，但是愿意努力克服它。

第二幕主角与盟友之间的对峙

在第二幕第一部分的结尾，主角和盟友之间发生对峙，这将决定剧本后半部分中两人之间关系的性质。记住，主角并不认为他的缺陷是个缺陷，而是把它当做应对世界的必要方式。即使是在巨大的人生转折事件面前，主角也会为了保留缺陷而斗争。他甚至会抵制盟友帮助其克服缺陷的努力。

这使我想起我的好朋友亚伦告诉我的一个寓言。一只蝎子来到河边，看到一只乌龟正要过河。它走近乌龟，乌龟立即对这只毒虫警惕起来。“你可以用你的壳驮着我过河吗?”蝎子问。“当然不可以，”乌龟回答。“你会蜇我。”“不，我不会，”蝎子说。“如果我蜇你，你会死掉，我也会淹死。”乌龟觉得有道理，就让蝎子爬到它的壳上。过河到一半的时候，蝎子蜇了乌龟。“你为什么这样做?”乌龟哭喊着，麻痹感逐渐袭来。“现在我们都会死掉!”蝎子耸耸肩。“我知道，但这是我的本性。”

我们的主角就像那样：抵制别人的帮助只不过是他的本性，因为他的经历使他不相信这样的帮助。

这往往导致主角和盟友之间产生敌对关系。盟友的职责是帮助主角克服其性格缺陷。主角的任务是坚持保留其缺陷，同时尽力抓住转折事件提供的机会。

主角与盟友之间的冲突逐渐升级，直到第二幕的中间（大概 60 页或是电影的 60 分钟左右），此时两者之间的关系对立且混乱。这种对峙可以有很多种形式：

- 盟友威胁不再支持主角，除非他摆脱他的性格缺陷。
- 具有与主角相同缺陷的盟友将缺陷显著地表现出来，动摇了主角，使主角意识到自身缺陷的危险。
- 盟友作为积极的典范，做出极其有力的举动，迫使主角意识到如果他模仿盟友的行为就可以获得有利的结果。

不论对峙采取什么形式，它都将导向之后的行动。

主角向盟友展现其性格缺陷的一部分

通过对峙，主角的缺陷展现在盟友面前。盟友意识到主角的缺陷对主角来说极难克服。他提供帮助，或者至少同情地倾听。主角部分地、或许试探性地接受帮助。他呈现出缺陷的一部分以及缺陷的合理性，但是接着就保持距离。让他彻底克服缺陷甚至完全面对它，还为时过早。

通常，主角与盟友之间的对峙是积极的，这能拉近彼此的距离，消除他们之间的斗争，让他们联手对付反面角色。当然，在悲剧中并非如此，比如《断背山》和《离开拉斯维加斯》。这是因为悲剧中盟友在突破主角方面没能成功。例如，《离开拉斯维加斯》中，尽管萨拉给予主角爱，向他说明他有活下去的理由，本还是按照最初的打算那样自杀了。《断背山》中，杰克试图让恩尼斯“公开身份”，正大光明地过同性恋者的生活，但是恩尼斯对死亡的恐惧太强烈了。

盟友对主角提出要求

仍在试探阶段的盟友会对主角提出要求。盟友或许会要求主角对其敞开心扉，这是主观要求。盟友或许会要求主角让盟友引路（因为她仍不相信他自己能做好）。

当盟友主导时，盟友会变成主角的积极典范。主角会发现，即使一个能力不及他的人也可以掌控局面，即使是在他自己的恐惧面前。

盟友展示自己的努力

如果主角的盟友揭示一些自己的事情，使他作为模范更加令人钦佩，那么他担任模范的行为就可以变得更加有力。比如，也许他揭示自己也有创伤，这就使提出的要求对于他来说同主角一样困难。这使主角意识到在恐惧与困难面前他并不孤单，能使主角正确地看待事物。

著名电影中的例子

客观故事线是主角回应人生转折事件的外在抗争的故事。《婚礼傲客》中，是约翰为了赢得克莱尔的芳心而作出的努力。《百万美元宝贝》中，是弗兰基训练玛吉参加锦标赛的使命。《尽善尽美》中，是梅尔文为了获得卡罗尔的青睐付出的努力。《心灵捕手》中，是威尔为了避免牢狱之灾，为了使肖恩和兰博满意而做的付出。《洛奇》中，是洛奇·巴尔博为拳击比赛做出的体能准备。

主观故事线是主角克服其性格缺陷的内在斗争。《婚礼傲客》中，是约翰克服对亲近的恐惧的斗争。《百万美元宝贝》中，是弗兰基克服对亲密关系的害怕而进行的斗争，他的恐惧是基于与女儿失败的关系，以及害怕再次受伤。《慕尼黑惨案》中，是亚弗纳为了使他的任务本质——残酷无情的暗杀，与他英勇的父亲向他灌输的英雄主义理想，以及对要求他变成杀手的女人——总理果尔达·梅厄的钦佩之情实现一致而付出的努力。

《尽善尽美》中，主观故事线是梅尔文克服他的精神疾病做出的努力。《心灵捕手》中，主观故事线是威尔为了克服养父的残忍殴打带给他的愤怒和恐惧而付出的努力。《洛奇》中，洛奇摆脱他失败者的形象所做的努力就是主观故事线。

注意：解决主角缺陷的方法应该在主观层面上，肯定不在客观层面上。

例如，在《婚礼傲客》中，约翰用撒谎、操纵的方式混入克莱尔的家庭，然后这一切都在他面前土崩瓦解。获得她的芳心的方法不在行动上，不在言语上，也不在欺骗她和她的家人上，而是在于约翰要在个人、主观层面改变自己。这使他从对亲近的恐惧中解脱出来，展现出他对克莱尔真挚的爱与激情，这才是最终征服她的原因。

米基·古德梅尔训练洛奇是在客观层面上——如何移位，如何用拳，如何抵挡，如何增强耐力。那么为什么这些不够？因为洛奇的缺陷并不在于他是个蹩脚的拳击手。他的缺陷是个人的，也就是说主观的。

约翰、弗兰基、亚弗纳、梅尔文、威尔和洛奇必须在主观层面上克服他们的缺陷。

然而，光有主观层面还不足以制作一部好电影。一战成名的机会（《洛奇》）、面对家庭中秘密与谎言的机会（《秘密与谎言》）、女儿的死（《钢木兰花》）——这些都存在于客观的外部世界。如果没有客观故事线，你倒不如创作一个主角独自坐在石头上，凝视大海，内心经历巨大冲突，而毫不在意观众的观影感受。

《荆棘鸟》中，神父的缺陷是他在经历信仰的冲突。然而，直到这种冲突以爱情的形式在现实世界中表达出来，故事才真正开始。一个神父出现信仰危机不是故事的卖点，一个神父谈恋爱才是。

显然，弗兰基在《百万美元宝贝》中是在寻找爱。他一封接一封地给他疏远的女儿写信，每周都去教堂寻求主的爱。当他作出让步，按照玛吉的愿望，从她的呼吸管上“拔掉塞子”，那是无私的爱的表现。

《慕尼黑惨案》中，亚弗纳寻求他英勇的父亲的爱，寻求从大屠杀当中幸存下来的母亲的爱，寻求国家的爱，还有当他同意残忍杀人的时候，寻求国家领导人的爱。

《心灵捕手》中，威尔在渴求爱。正如肖恩向他指出的，威尔可以得到任何他想要的工作，但是他选择了麻省理工学院，在这里他将不可避免地有机会展示他的数学头脑，并因此得到青睐。他希望斯凯拉爱他，所以他在自己有 12 个兄弟这件事上撒了谎，这样她就不会怀疑他儿时曾被虐待。毕竟，如他告诉斯凯拉的那样，他希望得到她的爱，而不是同情。他迫切需要那样的爱，从肖恩、斯凯拉身上，从任何可以让他得到爱的人身上。

洛奇希望被称做胜利者而不是失败者，这是对爱的公开呼唤。

直到主角对爱的努力出现在客观层面上，故事才真正开始。

弗兰基渴望得到女儿的爱并不足以构成一部电影，远不能成为《百万美元宝贝》这样的奥斯卡获奖影片。弗兰基保护玛吉，把玛吉带到锦标赛，这才构成一部电影。

洛奇渴望被爱，渴望证明自己不是父亲说的那样一个失败者，这并不足以构成一部电影。洛奇为世界锦标赛而奋斗，以此证明他值得拥有幸福、尊重和爱——这才是一个可以获奥斯卡奖的故事。

这是大多数好电影中客观与主观故事线之间密不可分的关系。

我们的故事

我们的主角罗斯的客观故事线是，他需要打败反面角色马特，把莱斯莉和公司的钱夺回来。

主观故事线是罗斯需要克服他的恐惧和愧疚感。

罗斯的难题的解决方法在主观层面上，这仅仅是因为他需要先解决他的个人问题，才能有勇气在客观层面上做任何事。这绝对是罗斯对爱的追寻——他希望他下属们的死可以被原谅。换句话说，罗斯希望可以被爱，纵使他年轻时犯过错并造成了严重后果。

第二幕第一个事件是罗斯对人生转折事件的情感反应。

我们已经知道，转折事件是马特窃取公司上百万美元，这不仅威胁到罗斯的工作和有利环境，还威胁到公司每一个工作人员的切身利益，包括罗斯为之倾倒的公司所有者莱斯利。

这时，谁是罗斯求助的盟友呢？他们对马特采取的首次行动是什么？

让我们假设，罗斯和莱斯利（懦弱的前绿色贝雷帽和美丽的公司董事长）制定了一个计划，利用公司的电脑和罗斯的电脑技术（现代会计员必须是电脑通）追踪马特的活动。在这个过程中，他们无意间使电脑通马特警觉起来，马特派恶棍跟踪罗斯和莱斯利。这是反面角色的反击。

在造成的对峙面前，罗斯呆住了——障碍。不过因为莱斯利的敏锐和胆量，他们才从马特派来的恶棍手中逃脱。这是展现罗斯受到其性格缺陷阻碍的戏剧性而又刺激的方式。这也是引发马特作出下一步反应的好方式。莱斯利现在有理由攻击罗斯了。这便极力将罗斯推向抉择，选择他的缺陷还是其他机会——比如重新赢得自尊的机会，特别是在他喜欢的女人面前。这一切起码会对罗斯施压，使其承认他有缺陷，而且那个缺陷或许正在阻碍他。

在我们的故事中，莱斯利的反应取决于她对罗斯的感觉。她仅仅把他当做一个职员吗？还是她理想化地喜欢他，或许甚至有点被他所吸引？

这种情况的一种处理方式是让罗斯把他的好品质展示给公司的董

事长。这样可以完成两件事：帮助罗斯变得更可爱；在莱斯利和罗斯之间制造一段恋爱关系，即使是随便的、不浪漫的关系。我们也可以利用这个机会再次展现罗斯缺陷造成的影响。公司董事长可能真的喜欢罗斯，甚至觉得他外形很吸引人。但是她同样也可能被罗斯的性格缺陷——他的懦弱和恐惧——推开。

当罗斯在反面角色马特面前突然止步不前时，公司董事长的怀疑就得到了证实。莱斯利很失望，公司的资金损失已经让她心烦，他在拿他们的生命冒险，她就罗斯的犹豫跟他对峙。她不愿再相信他。她把他留下，自己继续行动，设法追踪马特，与他对峙。罗斯得知莱斯利独自行动，身处危险中，他感到羞愧，于是重新下定决心跟着她。现在他试图保护的不再仅仅是他自己的利益，还有他关心的人的利益。

这是罗斯扩大其关心范围的第一个例子。也许还有其他例子——扩大范围可以分几个步骤发生。例如，我们设定，罗斯和莱斯利发现反面角色马特计划用窃取的钱买炸弹炸死一群人。这样或许太夸张了，但是肯定会将危险急剧提升，迫使罗斯扩大他的关心范围。

或者，也可以简单点——罗斯扩大他的关心范围，将莱斯利包括进去，后来又延伸到其他员工，这些人因为他们的养老基金、个人退休账户、401（k）基金等被窃取，而面临失去他们拥有的一切的风险。

或者，罗斯扩大关心范围是因为明白了一点，正如《卡萨布兰卡》中的里克说的，“清高我并不在行，不过要明白也不难。在这疯狂的世界里，三个小人物就别太计较了。”或者像《选美俏卧底》中格蕾西所说：“嗨，战胜你自己！”

罗斯赶上莱斯利，希望让她再给自己一次机会，就像《百万美元宝贝》中弗兰基在比赛中途爬进拳击场，以获得再次训练玛吉的机会。莱斯利能否像玛吉让弗兰基回来那样简单地让罗斯回归，这由我们决定，但我的预感是她会对此抱着试探的态度，因为她对她这个懦弱的主角不太信任。

罗斯性格缺陷的起因与他被敌人困在一个密封的空间有关。他没有出路，失去了一个又一个的盟友。最后他突然爆发了，这导致剩下的盟友中至少一个人付出了生命。惊慌中，罗斯过早地下令冒着敌火撤退。我们需要记住这个起因。为什么？因为它预示着之后的故事。这是他缺陷的产生缘由。与此前的处境和解是罗斯克服缺陷的唯一方式。

这也是仍在试探的莱斯利会对罗斯提出要求的阶段。她也许会要求他对她坦诚相待，这是主观要求，或者提出由她来指挥（因为她还不信任放手让他去做）。莱斯利对局面的控制为罗斯树立了一个积极的榜样，他看到身体娇弱的莱斯利如何在她自己的恐惧面前掌控局面。

这时罗斯和莱斯利展开了一系列行动，他们团结起来，不再争执。这些行动促使罗斯与马特发生对峙，这与最初的挑战相似。这将成为罗斯在重新考虑后作出新决定的机会。罗斯已经在身体上、客观上采取行动，在主观、个人层面也必须采取行动，为自己作出与之前不同的决定做准备。

12 第二幕第二部分

现在开始第二幕的第二部分。第二幕的这个部分允许主角作出选择，应对后果。在这部分的情节中，主角的缺陷和他的盟友发挥着重要作用。

主角的抉择

继第二幕的对峙之后，主角要作出一个抉择。他可以坚守性格缺陷，放弃任何成功回应转折点的机会。或者，他终于可以对盟友敞开心扉。

姑且让我们把性格缺陷看做一套盔甲。是的，它保护主角免于面对他的过去，以及其中的痛苦。然而，它也将好的事物拒之门外，将主角锁在里边。现在，把人生转折事件看做是一个游泳池，编剧（实际上是反面角色）把全副武装的主角推进这个游泳池。溺亡的危险反而因身穿之前貌似起到保护作用的盔甲而增加。

这便是人生转折事件的作用——放大了性格缺陷的消极影响。那随身穿戴的盔甲对主角来说一直很沉重，但现在这一重量可能害死他。

最开始，主角试图寻找一种方式解救自己，让他仍然可以穿着盔甲来回应人生转折事件。当情况明了，发现没有这种方式时，他开始不情愿地脱掉盔甲。但是，他仍然在担心脱掉护身的盔甲后会有什么在等着他，所以他先脱掉盔甲最小的一部分。他继续保留尽可能多的防护，让自己尽可能久地坚持下去。

或许，主角首先脱掉保护靴，因为这样至少还可以保护他的心脏。

或许，他会脱掉铠甲手套，甚至最后，还有他的头盔。但他仍然保留着他胸前的盔甲，这样至少他的心脏依然可以得到保护。

接着，在某个时刻，主角不得不作出最后的承诺，好让自己免于溺亡。他摆脱掉最后一件盔甲（或者说，性格缺陷）。这样，他可以漂浮到水面，摆脱了重荷。他也可以自由地与反面角色斗争，而一开始正是反面角色将他推进水中。（记住，通常是反面角色引发人生转折事件。）

从第二幕中盟友与主角的对峙起，从他开始卸掉盔甲，局面就加速朝着与反面角色的最终斗争发展。主角和盟友现在团结一致了。主角离克服其缺陷又近了一步。而且，尽管反面角色还在增加赌注、提升危险，主角也在变得更加强大。

虽然到第二幕结尾，我们仍然不确定主角是否会胜利，但我们知道他至少还有胜利的机会，因为他已经不再受制于自身的缺陷，这要多亏盟友的努力。

主角与盟友联合对抗反面角色

主角和主角的盟友现在团结起来，开始采取一系列的行动。这些行动使主角离与反面角色的对峙更近了，这个对峙与最初的挑战相似。这会成为主角作出重新考虑后的新决定的机会。

在身体上、客观上已经采取行动，在主观、个人层面也必须采取行动，为主角作出与过去不一样的决定做准备。对我们的主角来说，一个解决方案是他与盟友变得更加亲密（并不一定是爱情上的亲密），他变得更加关心她，想要把她包括在关心范围之内。那么，结合起来就是：对主角的盟友更加喜爱与（或）尊敬；希望赢得盟友的尊重；意识到主角的盟友已经做到一些主角不敢做的事。

这样做的目的，是让主角认为获得盟友的尊重比保留他的性格缺陷更重要。或者，你可以这样看：在盟友的勇气面前，主角羞愧难当，无法再继续保留他的缺陷。

主角将其关心范围再次扩大

到现在为止，很明显，主角再次扩大了其关心范围，这在电影中很常见。这是因为，盟友在试图说服主角帮忙的时候，已经让他或她意识到哪些人和事正处于危险中。

记住，正如我们之前做出的解释，关心范围是指主角最关心的人和事。例如，《婚礼傲客》中，约翰和杰瑞米两人开始时都只关注他们自己的乐趣——在婚礼上引诱女性，因为她们容易被约翰和杰瑞米的谎言和引诱迷惑。电影结尾处，两人都学会了关心他人——至少学会关心他们最初无情地引诱的两个女人：克莱尔和格罗瑞。

反面角色还击主角及其盟友，问题开始得到解决

在第二幕中，反面角色对主角和盟友的每个行动都进行还击。赌注、危险、冲突在客观层面上持续平稳上升。当然，它们可以以任何形式出现。

现在到了我称之为解决问题的部分。解决问题应该发生在主角拥有的最多、可能失去的也最多的时候。事实上，主角这时所拥有的应该与起点时一样多，只因为他在某种程度上将自己带回了起点。

如果这时出错，后果会比在他人生中其他任何时候出错都更加严重。他有机会作出反应，或者用与起点时一样的方式（从而永久保留他的缺陷），或者用不一样的方式作出反应，从而实现自我救赎，解决掉自身缺陷。

反面角色增加威胁范围

正如主角扩大其关心范围一样，反面角色也会增加他的威胁范围。两者是相互联系的。反面角色的威胁范围实质上是他可触及的范围——他能够影响（或者威胁）他人的程度。

例如，《百万美元宝贝》中，反面角色是玛吉，尽管她在电影中或许是除斯凯普之外最好的人。她反对弗兰基继续做一个孤僻、易怒的坏脾气的人。最开始，当她整天对着拳击袋毫无效果地乱打时，她只能让他心烦。但是，渐渐地，她的影响（威胁范围）增加了，我们看到她接近弗兰基，使他让步、打开心门，直到迫使他训练她——以及爱她。

那么，为什么那是一个威胁呢？因为它的的确确是一个威胁——对弗兰基的缺陷来说，对他为了避免再次受伤而建立起来的防御来说，是个威胁。

突然之间，主角恰好又回到了起点。同时，威胁升级，一切都取决于他能否作出正确的决定。

主角打破自己的原则

主角往往违背自己的行为和道德准则，回应这种压力，为了打败反面角色而不顾一切。在这个时候，主角与反面角色最为相似，不同的只是：主角在打破自己的原则，而反面角色实际上是在执行他自己的原则——同样的行动，不同的原则。此处，重要的事是主角作出的“不道德”行为不起作用。这个失败使主角表面上看被打败了。如果连打破自己行为原则去对付反面角色都失败了，那主角真的失败了——或者看起来如此。

反面角色行动，迫使主角彻底抛弃自身缺陷

现在危险升级了，因为反面角色作出了一个行动，如果主角不彻底抛弃其缺陷，就不能对它作出回应。比方说，假如反面角色使盟友

也处于危险之中，该怎么办？这或许确实有些过分了，但却是刺激的过分之举。

主角认识到真正的危险

我们整个剧本的努力都是为了到达此处——主角必须要么彻底抛弃他的缺陷，要么毁灭——不论是身体上还是情感上。这是故事中主角的最低点，是危险最大的时候，相应地，也是机遇最大的时候。

第二种环境、挑战、抉择、自我定义和情感状态

此时，依照次序，主角短时间内先后经历了第二种环境、再一次挑战、又一个决定、第二次自我定义和情感状态。他会彻底克服其性格缺陷，采取新的行动替换之前的行为。

此处，许多主角会重访过去，重新体会那个时候有多么痛苦，以至于他选择用缺陷来抵御这种痛苦。不过，当主角不得不寻找一条出路，走出这看起来没有希望的困境时，挑战来了。在几年前最初的局面中，他的决定产生了坏结果。主角需要一条出路，但它必须是一条看起来同几年前的境况一样危险的道路。

上一次，主角作出了那种选择，他错了。他可以克服那种无疑会掌控他的麻痹无力吗？他会作出同样的决定吗？这次的决定会是正确的吗？

他的决定，如果正确，就会产生第二次自我定义。这个自我定义会是这样的，主角是勇敢的而不是懦弱的，是慷慨的而不是贪婪的——不论角色需要是什么样的，都要根据你的故事来定。

再也没有比作出这个决定更需要勇气的事了，要知道，上次这样的决定毁掉了他多年来的生活。

主角最后一次扩大关心范围

主角终于克服了他的性格缺陷以及他的环境等，那些最初引起他的诸般表现和局面的一切。这也是主角最后一次扩大其关心范围。他

或许愿意自我毁灭，但不希望让其他人死掉。

无法回头的界点

有时，在第二幕第二部分结尾处，还有一件重要的事：一个无法回头的界点。这是诱使主角打退堂鼓的关键点。如果主角能够通过这个自我怀疑的最终考验，他就会越过这个没有回头路的界点，直接走进与反面角色的斗争中去。

请注意，有时无法回头的界点与其说是一种退缩的诱惑，倒不如说是对主角能否克服其缺陷的一种证实。主角被提供了堕落的机会，他拒绝这个机会就证明了他的成长。

著名电影中的例子

在《尽善尽美》中，梅尔文不管是带着卡罗尔驾车旅行，还是为她的儿子垫付医疗费，都没有赢得卡罗尔的芳心。当他在个人层面作出改变，开始在西蒙的帮助下克服他的精神恶魔，他才俘获了她的心。当他走出家门，意识到自己忘记把门上的无数把锁一一锁好时，他明白自己已经准备好为获得卡罗尔的芳心而战了。

梅尔文仅仅想要得到卡罗尔的爱，这样并不足以构成一部电影。而当他卸下防备，关心西蒙的狗，然后逐渐变成一个仁爱、有同情心的人，这才构成一部出色的电影。事实上，这部电影也确实赢得了奥斯卡奖。

我们的故事

罗斯既是一个会计员，又是一个冒险家。那么，让我们更多地展示这一点吧。当他打败那群试图从他手中偷走公司工资的恶棍之后，来到一个极限运动公园。他在那里攀岩，悬挂滑翔，做穿越障碍训练，这些都显示了他极强的体能。

然而，我们也不能忘记罗斯的缺陷。因此，在他展示过出色的体能之后，他在公园遇到一个人——一个恶霸，他在零食店想要挤在罗斯前面，或者想把他挤出跑道。罗斯让步了，我们又记起了他的性格缺陷。现在我们又有了一个安置他的恐惧的有趣背景：罗斯惊人的体能。

让我们就此继续构建。假如，在开始最初的事件（那场战争）中，罗斯不仅仅是一个士兵，而且还是被敌人围困的特种部队队长，又会怎样？他命令他的队员突出重围，进行撤退，但在这个过程中，除了罗斯之外的其余人都未能生还。即使这个命令的初衷是好的，但是罗斯把它视为懦弱的行为，代价是付出了所有队员的生命。如果他没有那么害怕，如果他没有懦弱地下令撤退……

我们再让罗斯的情况变得更糟糕些：他的队员牺牲不到一个小时，增援到了。如果罗斯继续等待，他的队员仍然可以活着。若连这样都不能让你的性格产生缺陷，其他事情就更不可能了。

罗斯精通电脑，拥有出色的体能、军事技能和指挥经验，因此至少在理论上，他有能力帮助自己和其他员工。但是，他或许只愿意为了莱斯莉而冒那个风险。他的关心范围扩大了，但没有达到极限。

我们假设罗斯为了在莱斯莉面前自赎，同意带领其他员工一起对付马特，夺回被窃取的钱，挽救公司。他安排了一次“圈套”和“突袭”的联合行动。他利用公司会计部的 IT 精英们建立了电脑圈套行动。同时，他把他在极限运动公园认识的朋友组织成准军事部队，入侵马特的总部。马特也是一个电脑天才，而且罗斯和莱斯莉已经试图用电脑追踪他，所以马特会预料到另一次黑客攻击。但是，罗斯希望马特不会预料到他同时还需要抵御身体攻击，特别是因为马特把罗斯看做一个懦夫，而莱斯莉“只是一个女人”。

罗斯组织他的会计团队对马特的电脑系统发起正面攻击。接着他率领他的极限运动团队对马特的办公室进行突袭：这是《骗中骗》，加上《通天神偷》，再加上《十二金刚》。

此时会有大量机会让罗斯应对自己的性格缺陷。最初他带领他的队员走向了死亡，可以想象到，他这次组织另一队人去完成同样危险的任务时要冒多大的风险。

事实上，为了让任务更加危险，我们可以假设马特是一个黑社会成员，还是一个赌场老板。因为他的赌场损失了一大笔钱，为避免被他的黑帮老大杀掉，他窃取了莱斯莉的钱，利用电子系统将钱汇入他自己的赌场资金账户中。

行动中“圈套”那部分可以是欺骗马特，使他犯错误，被他的黑帮老大找麻烦。当然，对罗斯来说，风险是同黑帮分子这种不好惹的人作对，即使你曾经是一个特种部队队员。

附加一点，我们假设赌场建在印第安保留地。这种地区通常是与外界隔离的，增加了闯入建筑的难度，甚至不被发现地接近该地都很难。

主要的是，罗斯试图将自己的技能与其他会计和极限运动朋友们的技能结合起来，对马特的大本营发动一场风险极大的袭击。这是圈套和突袭行动的联合袭击，伴随着再次被他搞砸从而使大家命悬一线的风险。

顺便提一下，罗斯和莱斯莉之所以不直接报警，是有某种理由的。可能是缺乏证据，或者也许是马特与警察相互勾结。具体是什么原因并不重要，只要可以使莱斯莉和罗斯独自行动变得必要、合理就好。

你还可以加入一个转折。如果莱斯莉实际上是马特的秘密恋人，又会怎么样？她本来计划跟马特一起洗劫自己的公司，马特却在最后时刻背叛了。这就是她为什么会向罗斯求助，希望利用罗斯的“善良”和电脑技术帮助她夺回那笔钱。罗斯特种部队队员的技能是她之前不知道的，这正好是一个额外的收获。

这个转折可以是在莱斯莉向他求助之后罗斯才发现的。或者，也可以是他必须克服的事情，以便与莱斯莉培养信任，一起合作，将公司的钱追回来。两种方式都可以。

这种剧情的例子是保罗·纽曼的《大审判》，片中他爱上的那个女人原来是对方律师的间谍。

到目前为止，很明显，罗斯已经将其关心范围再次扩大，不仅包括莱斯莉，而且还有他组织起来攻击马特的所有人，以及公司的员工。莱斯莉在试图说服罗斯帮忙的时候，已经让他意识到哪些人和事正处于危险中。

对于罗斯来说，起因发生在战争期间，是他率领一群士兵对抗敌人，并最终导致他们牺牲。现在他在这儿，带领一群极限运动员对抗一个危险的敌人。如果这一次事情搞砸了，比起从那次事件开始他人生中的任何其他时候，后果都会更加严重。这是他作出反应的机会，他或者采取与起点时一样的方式（从而永久地保留他的缺陷），或者用不一样的方式应对，从而实现自我救赎，解决掉自身缺陷。

我们以罗斯开始失去他的队友来构建解决问题的情节。或许不是字面上那个意思——或许他们被困在了赌场，与外界切断了联系。他们知道自己会被发现，因为有时间限制：罗斯的团队必须在某个时间之前赶出去，否则他们就会被发现。突然之间，罗斯又回到了最初的起点，他带领一队人陷入了圈套，他不得不决定要如何做才能解救他们。同时，危险升级，一切都取决于他能否做出正确的决定。

马特将罗斯的队友全部困在赌场内。罗斯似乎搞砸了营救他们的最后机会。我们可以将危险进一步升级，让马特采取一个行动，如果罗斯不彻底抛弃其缺陷，就不能对它作出回应。

那个行动可以是什么样的呢？嗯，假如马特把所有人——他自己的人、赌客、主角以及他的队友——都锁在赌场里，还有一枚巨型炸弹，足以炸毁整个赌场以及里面的所有人，将会怎样？

假如马特也使莱斯莉处境危险，将类似的炸弹安置在她公司总部大楼内，又会怎样？马特下定决心要把可能追踪他的所有人都消灭掉。

不可否认，这样或许过分了点，但却有足够的刺激性。罗斯被困在赌场里，与莱斯莉失去联系，如果他打算活下去，营救被他牵连进这个行动中的人，他就必须成为曾经没有成功做到的领导者。然而，他还不知道炸弹的事。那是下一个升级。

罗斯接连听到：有一枚炸弹会杀死他和他的极限运动周末战士们，这枚炸弹还会杀掉马特的手下，以及光顾赌场的无辜旁观者。还有一枚炸弹会杀死被他安排入侵马特的电脑系统的莱斯莉和所有的公司员工们。更糟糕的是，罗斯认识到这有一部分是他的错误，是他把极限运动员、公司员工和莱斯莉卷入与马特的斗争中的。

我们整个剧本的努力都是为了到达此处——罗斯必须要么彻底抛弃他的缺陷，要么毁灭，不论是身体上还是情感上。

我们看到许多主角会在此时重访过去，回忆那个痛苦的时刻，他们用缺陷来保护自己。在我们的故事中，第二次的环境和挑战是在赌场中的袭击，罗斯和他的团队被困在了里边。这与最初的环境相当，那时在战争中，罗斯率领部下遭到了袭击。当他们被困在赌场中时，第二次决定由于救人的需要随之出现，这与罗斯最初的决定类似，即要么战斗，要么逃跑。

经典对白

“你说的不对。我们有些人有好故事……发生在湖边，有船、朋友和面条沙拉的美好故事。只不过不是这辆车上的任何人。但是很多人——那是他们的故事——美好的时光，面条沙拉……并不是你拥有的东西不好，而是很多人拥有的太好，这才让人恼火。”

——《尽善尽美》

“橡胶业。”

——《毕业生》

“我们将永远拥有巴黎。”

——《卡萨布兰卡》

挑战来了，罗斯必须找到一种方式，摆脱这种看起来毫无希望的处境。在几年前的原始环境中，他的决定是冒着敌人的战火逃跑。那个决定导致他的部下全军覆没，这让他几年来一直处于内疚、自我怀疑和掩饰的状态。如今，罗斯被困在赌场中。我们必须给他一条出路，但这条出路必须是如多年前原始环境那样危险的逃跑。他必须再次做出决定：是等待救援，还是冒险逃跑？

选择是一样的：在赌场（散兵坑或是地堡）等有人来救助他们，还是冒着看起来像自杀的巨大危险逃跑？上一次，罗斯作出了类似的抉择，他选错了。他还会做出同样的决定吗？这次决定会是正确的吗？

这个决定，如果正确，就会引发第二次自我定义。这个自我定义将会是这样的：罗斯是勇敢的而不是懦弱的，是一位领导者而不是失败者。再也没有比做出这个决定更需要勇气了，要知道，上一次这样的决定使那些生命掌握在他手中的人丧命了。最后，这个决定如果正确，就会引发一种新的情感状态：勇气、力量感和领导力。

罗斯下定决心要自我救赎，解救他的队友，他要作为一个领导者果断地采取行动。

罗斯和他的队友被困在赌场的金库区域。只有一条出路，但被马特雇用的大量赌场保安把守着。罗斯意识到自己身处与之前相同的境况，他吓呆了。另一个极限运动员对罗斯的不作为感到失望，把局面接管过来，为了逃走，勇敢地面对保安的枪击。在最后一刻，罗斯赶去救了这个极限运动员，让他得以死里逃生。

罗斯做出决定，尽管他们仍然被困在赌场金库，至少他打算决一死战。他并不清楚如何让他的队友逃脱，但他最终下定决心，要利用他的多种技能和领导能力做到这一点。他或许宁愿去死也不愿去做决定，但他也不愿让其他人丧命。

无法回头的界点是罗斯被诱导走向堕落的地方。如果能够通过这个自我怀疑的最后较量，他就能直接进入与马特的斗争。

现在我们可以开始最后一幕了。.

13 第三幕

第三幕是主角在第二幕中努力斗争，以找到反面角色、抓获反面角色或者是做好准备在斗争中迎战反面角色的高潮。尽管第三幕有时又称为斗争篇，但它可以被写成许多种形式，包括惊险的身体对抗、爆发性的语言和情感冲突，甚至是缓慢地坠入深渊。

孤注一掷

第三幕开头是孤注一掷的时刻，要么大获全胜，要么一败涂地，这是成王败寇、赢家通吃的境况。此时，赌注最高，危险、张力、冲突和戏剧性应该都达到了峰值。这一幕应该有一种急速冲向结尾，或者是一种缓慢坠入必然的悲剧的感觉。

对主角的损害增加

在这最后一幕中，对主角的损害增加，不论是情感上的还是身体上的。主角与反面角色斗争的结果尚未见出分晓。我们应该直到电影的最后时刻才能知道谁是赢家——除非在结尾有一个用来收尾的“结束语”场景，或者这是部悲剧，失败是不可避免的。

低谷

这是主角的低谷。这时，所有看起来可能出错的事情都出错了，但显然又没有可以取得成功的出路。

《百万美元宝贝》中，低谷或许是当弗兰基从医生那里得知玛吉将终身瘫痪的时候。《婚礼傲客》中，是当约翰和杰瑞米被萨克戳穿骗子的身份，约翰显然失去了与克莱尔在一起的机会时。《蝙蝠侠·侠影之谜》中，是当蝙蝠侠被他的对手打败之后，被绑在着火的大楼里时。

主角发现反击机会

主角通过自己的行动或者在盟友的协助下找到反击的方法。《百万美元宝贝》中，弗兰基意识到虽然玛吉残疾了，但他有能力照顾她。他负责照顾她，认识到他对这个让他想起自己女儿的年轻女性的爱，以及那种爱让他变得多么坚强、多么坚定。他最终学会了如何用爱来作出回应。

《婚礼傲客》中，约翰得知了克莱尔和萨克的婚礼，决定再去破坏一个婚礼——他们的婚礼。

观众完全认识到反面角色的威胁

正当主角找到了他认为自己所需要的东西时，观众了解到一些主角尚且不可能知道的事。反面角色的威胁程度变得显而易见了。这是新发生的事情，将危险进一步升级。这也是主角需要知道的事，否则他将会失败，并且（或者）毁灭。

这一步极大地增加了张力。试想，作为一名观众，你刚看到反面角色有第二把枪，而主角没有。你知道除非主角知道第二把枪的事，否则反面角色将把他消灭。它以惊险刺激的方式把你逼得发疯。这就是观众对着银幕大喊，试图提醒主角的时候。这一点也包含在电影中。

主角了解到危险升级

接着，就在它摧毁主角之前，主角发现了我们已经得知的反面角色的真正威胁。我们长舒了一口气，擦掉额头的汗水，感觉到胃部由于担心而产生的刺痛感逐渐缓解。主角，目前，安全了……

最后的斗争

最后的斗争是主角与反面角色之间的最后对抗，这时，主观和客观故事线最终倾向于这种或那种方式，但并不一定是一样的方式。

主角与反面角色全方位交战

此时主角了解到真正的、完整的危险。虽然它令人却步，但至少他知道他应对的是什么，由此可以制定相应的计划。

主角重申立场

在这个部分，反面角色需要重申他的立场。面对反面角色的立场，主角也需要重申他的立场。这种既吸引人又具有讽刺意味的方式可以用来展示反面角色与主角的异同。

主角打败反面角色，或被反面角色打败

依据它是悲剧（如《麦克白》或《断背山》）还是喜剧（如《婚礼傲客》），此时主角将完成这场斗争，要么打败反面角色，要么被反面角色打败。

有人曾说过，一场辩论（或争执）其实就是观念的交流。在决战中，主角与反面角色即是那样。他们斗争时，反面角色应该重申他的观点立场。毕竟，他们的立场冲突才是我们故事的关键。如果他们持有相同的立场，那他们就成了盟友，而不是对手。

反面角色诋毁主角的立场。他或许会告诉主角他是个失败者，因为主角容许自己被内疚控制，服从“规则”。反面角色相信他之所以获胜，是因为他愿意去做达成成功必需的事。

主角必须以重申自己的信念作为回应。

在这个阶段，反面角色可以指出主角的过失。毕竟，它的发生是因为主角的缺陷，主角必须为此承担责任，不是吗？事实上，主角必须在此承认他的过失，否则他就是没有完全克服自身的缺陷。但是主

角拿自己的过失作为他恪守立场的原因。他终究需要改正他的过失。这是主角和反面角色最鲜明、最坚定地表明立场的时候。

观念和情绪冲突极大地加深。这种冲突使得主角与反面角色之间的身体冲突变得更加有意义。

一个角色取得胜利——至少在客观上。

由于故事中的事件，主角改变，直面未来

主角现在以完全不一样的姿态迎接未来。

最后的意外转折（可选）

还可以采取另一种措施强化第三幕的剧情。这个转折取决于作者本人，它可以采取想象得到的任何形式，只要与故事和角色相符。在《夺宝奇兵》的结尾，如果印第安纳·琼斯突然变成了一位牧师，那确实是一个转折，但是考虑到印第安纳·琼斯和故事的背景，那样的转折是不会上演的。

意外转折应该能够加大决战的情感砝码，给整个这一幕加入某种尖锐、甚至讽刺的内容。

著名电影中的例子

第三幕的例子可以是《洛奇》中最后一系列的拳击赛场景，以及《秘密与谎言》中的晚餐场景。

《断背山》中，第三幕是不可避免的悲剧缓缓展开的过程。“我希望我知道如何忘掉你，”杰克说出这句话之后，恩尼斯有机会为得到他想要的东西而努力。但是，他脑海中对父亲向他展示的遭暴打的男同性恋者的记忆太强烈，他的恐惧感太强烈，因此恩尼斯最后一次从杰克身边离去。当恩尼斯得知杰克的死讯之后，他有两个选择：活在悲伤中，或者终于克服他的缺陷。太迟了，他与杰克的爱只能是悲剧，但是恩尼斯通过失去认识到，他必须对人们更加敞开心扉。电影

的结尾，他最终有希望与已经疏远的女儿再次联系上。

《百万美元宝贝》中，第三幕并不是世界锦标赛那场拳击赛。影片中的第三幕是在拳击赛结束之后开始的。真正的斗争的开始，是当玛吉撞到凳子上扭了脖子，即将终身瘫痪的时候。那时，弗兰基的斗争开始了：对玛吉完全敞开心扉的斗争，以帮助瘫痪住院的她开始，以代表玛吉做出的最终决定结束。

《离开拉斯维加斯》和《断背山》是电影中的伟大例子，其中的主角确实是以一无所有收尾——尽管他们在某一时刻也曾得到机会，可以与他们所爱的人一起生活。

即使在非悲剧影片中，最后一幕或者说斗争也可以慢节奏进行，比如在奥利弗·斯通[①]导演的《世贸中心》中，最后一幕是煎熬的求生之战，直到救援赶来。

有许多显而易见的例子，如在《洛奇》和《世贸中心》中，主角逐渐被摧残——被世界冠军暴打，或者被压在世贸中心的废墟中，严重脱水。也有情感摧残的例子，比如《百万美元宝贝》中弗兰基的经历，他不得不看着玛吉，被他像女儿一样疼爱的年轻女性，躺在床上，终身瘫痪，并且被截肢。她最终要求他把她从痛苦中解脱出来。

我们的故事

那么，我们目前说到哪儿了？罗斯派他的会计（电脑）专家对马特的电脑系统进行正面电子袭击。作为一个备用计划以及（或者）分散注意力的行动，罗斯带着由极限运动员组成的军队到赌场，用武力的方式从赌场金库收回与被盗资金等额的钱。罗斯和他的军队偷偷潜入赌场，同时会计员（计算机极客）发动电子攻击。

---

① 奥利弗·斯通（Oliver Stone），1946 年出生，美国历史上最伟大的电影导演之一。他创造的是一个看起来近乎真实或者一眼望去虚无缥缈的世界。电影风格明确、独立。代表作有《野战排》、《生于七月四日》、《刺杀肯尼迪》、《华尔街》。

但是事情出了差错，罗斯和他的军队被困在赌场里边。他们发现，赌场里存放的不是几百万美元的赌资，而是价值几十亿美元的现金、证券以及与世界各地的银行相通的电子存折。这一切远远超出他们的想象。

会计员们可以操纵计算机控制的安保系统，阻止赌场保安发现他和他的队友们在赌场的金库区。然而，罗斯和他的队友们不能联络到莱斯莉以及其他人。

目前，赌场的真实面目清楚了：它是全国民兵组织的总部，人数多得难以置信。马特并不是我们想象的黑社会分子，他是更危险的组织成员。这个民兵组织在几年的时间内盗取了大量钱财，并且储蓄起来。他们打算用这笔钱撼动经济，通过搞垮政党、敲诈政客和金融领袖，秘密地接管政府。

这是罗斯最后一次扩大关心范围。故事以他试图解救自己的有利环境——他的养老基金和工作开始。然而，很快演变成他对莱斯莉的关心，接着是对其他员工，再接着是对他的极限运动员组建的军队，这时，到了最后，是对整个国家。

我们可以再添加一些危险因素，补充一些具体、直接的危险。马特正在计划背叛他的同伙。他安装了一个大型的爆炸装置，打算炸毁赌场，消灭全部民兵组织成员，他安排他的所有下属在赌场参加一个会议。马特欺骗了所有人。他打算将数十亿美元转到瑞士银行。然后，把赌场以及所有的民兵成员、赌场雇员、顾客一起炸掉，让它看起来像是对手引爆了炸药。同时，马特计划携带巨款，以新的身份潜逃到欧洲，不留下一个民兵成员，这样没人会去追踪他。

这是罗斯的低谷。马特封锁了赌场出口，把民兵成员、赌场顾客、罗斯以及他的团队与炸弹全部关在里边。然后马特离开那里，去机场了。

看起来似乎毫无希望。对于罗斯和其他人来说，没有办法离开这个固若金汤的封闭赌场。接着，罗斯发现或得知某件事，这给了他一个机会——或许是一个微小的机会，但毕竟是一个机会。

然而，正当罗斯发现或得知了他认为是他需要的事物时，观众（但不是罗斯本人）得知了其他事。观众完全认识到了马特的威胁。这是某个新的事件，使危险进一步升级。这也是一件罗斯必须知道的事情，否则，他就会失败或者毁灭。

这一步极大地加重了紧张局面。

比如说，罗斯发现有一个出口——一个通风的窄小通道。或者，有一扇门隐藏在金库中不起眼的地方。但是，他所不知道的是，马特设置的那扇门只要一打开就会被引爆。我们这些观众知道这个炸弹，但是罗斯不知道。当他接近那扇门的时候，我们屏住呼吸，想要对他吼叫不要打开那扇该死的门。

不过，让我们进一步升级这种危险和紧张局面。假设在罗斯发现那条通道之前，他接通了莱斯莉的电话，由于信号干扰，他只能听到一些只言片语。莱斯莉只说到她已经通知了警方和 FBI（美国联邦调查局），他们已在赶去的路上。接着，电话就断了。

罗斯又回到了几年前，他要为一群由他领导的人负责。在门口，有失去生命的危险，炸弹随时有可能爆炸。救援在路上，但赌场位置偏僻，没人知道他们多久才能赶到。罗斯是继续坚持，指望救援在炸弹爆炸前赶来，还是冒险把他的同伴救出险境？还记得吗，上次他做出了一个决定，害死了许多人。

然后局面恶化——罗斯发现一条路可能是出路，但却是如此危险，就好像抵着敌人的枪口才能逃到安全的地方。此时，罗斯面临一个真正的抉择，他决定抓住这个机会。

紧接着，我们作为观众有了自己的发现，完全认识到马特的威胁——一旦门被打开，炸弹就会按照设置引爆。罗斯发现了一种可能的逃跑方式，尽管非常危险。我们看到炸弹在逃生通道的另一侧，按照设置即将引爆。

就在它要摧毁罗斯的时候，罗斯发现了我们所了解到的马特的真正威胁：在门的另一侧有一枚炸弹。我们又松了一口气，擦掉额头的冷汗，感觉到胃部由于担心产生的刺痛感逐渐缓解。罗斯，目前，安全了……

此时罗斯认识到真正的、完整的危险。虽然它令人望而却步，但是至少他知道他应对的是什么，这让他可以制定相应的计划。在我们的故事中，罗斯并没有与马特直接交手，但是他迎战了马特的守卫、民兵成员以及马特留下的陷阱。

罗斯正在进行逃出赌场，以及（或者）拆除炸弹的任务。同时，公司董事长指挥她的电脑极客追踪被转移到瑞士的那笔钱，或许正从瑞士追回那笔钱。她也让他们通过电子系统追寻马特的踪迹——信用卡、出租车服务、航班预约等。假设马特预料到可能会被追踪，于是制造出蜘蛛网般复杂的身份和票据，莱斯莉不得不追踪每一条线索，疯狂地试图弄明白他真正的路线，同时还要通知警方。这会成为出色的情境。

我们可以在这些镜头之间切换，罗斯努力活着逃出去，马特试图逃跑，以及莱斯莉通过蛛网一样繁多的自动取款机、信用卡收据等信息追踪马特。同时，莱斯莉的电脑极客们正在追踪马特存储在瑞士银行的数十亿美元。

但是，在这里的某处，我们需要几个其他要素：马特需要重申他的立场。面对马特的立场，罗斯也需要重申他的立场。

在某个时刻，马特可以唤起人们注意罗斯的过失：如果不是因为罗斯太害怕从而没有阻止马特，马特就不可能做到这一切。正如埃德蒙·伯克[①]所言："好人袖手旁观，恶魔就高唱凯歌。"我们可以设置，

① 埃德蒙·伯克（Edmund Burke），1729—1797 年，爱尔兰政治家、作家、演说家、政治理论家和哲学家。曾在英国下议院担任了数年辉格党的议员。他最为人所知的事迹包括反对英王乔治三世和英国政府、支持美国殖民地以及后来的美国革命的立场，以及他后来对于法国大革命的批判。他经常被视为英美保守主义的奠基者。

在剧本的开头给罗斯一个机会，让他识破马特的诡计，但是他因为太害怕而不愿卷入其中。罗斯必须在这时承认他的过失，否则他就是没有彻底克服他的缺陷。不管怎样，罗斯把他的过失当做他坚持立场的原因。毕竟，他需要弥补他的过失。

这是罗斯和马特最鲜明、最坚定地表明立场的时候。他们中的一个立场将会取得胜利。当我们看到马特在逃跑过程中力量不断被瓦解时，我们或许会发现罗斯的立场逐渐胜出了。

经典对白

“我记得每一个细节。你穿蓝色，德国人穿灰色。”

——《卡萨布兰卡》

“我能看见死人。”

——《第六感》

“斯黛拉！嗨，斯黛拉！”

——《欲望号街车》

“休斯顿，我们有麻烦了。”

——《阿波罗 13 号》

在我们这个故事中，由于罗斯并不是与马特直接交锋，我们可以通过一个代理人来实现：马特的副指挥，她是个坚信民兵行动及其所谓理想的女人。她直接反击罗斯的逃跑行动。她也代表罗斯身为绿色贝雷帽时曾一度相信的：做一个忠诚的爱国者，愿意为了她的信仰牺牲生命。

我们再加入一些情节：当罗斯与副指挥斗争，试图不让炸弹爆炸，沾着离开赌场的时候，马特正在逃跑。他搭了一辆出租车去往机场，或许中途停在一家银行，安排最后的资金转账。但是，在逃跑过程中，马特开始为他所做事情的全部影响担忧：他打算进行的大规模谋杀，不仅针对他的敌人，还针对他的同伙，那些把生命都托付给他的人。

这是一种显示马特与罗斯异同的既吸引人又讽刺的方式。反面角色曾经不知怎地被人欺负过，于是认为他的行为是合理的。但是，他离赌场越远、离自由越近，就变得越像罗斯，被罪恶感吞噬，为他的行为，为那些即将被他剥夺的生命感到罪恶。当我们看到马特开始崩溃的时候，我们拿他与罗斯作比较，罗斯以某种方式找到了勇气并进行了自赎，他本以为自己永远做不到。那会是一个很好的视觉对比，甚至不用说出来，只要展示出来就可以。

罗斯无法拆除炸弹。然而，他确实发现了一条出路，并在炸弹爆炸之前救出了所有人。同时，莱斯莉查到了那笔钱以及马特的踪迹，并及时赶到机场，看着他被逮捕。

接着，罗斯拿到一部电话，打电话警告莱斯莉第二枚炸弹（假设她并不知道这件事）。她成功地在炸弹炸毁她的大楼前让大家撤离。这时候，他们可以从此过上幸福的生活。

除非……我们决定实施我们之前描述的那个小转折。你知道的那个——莱斯莉是马特以前的恋人，她遭到了马特的背叛，于是利用罗斯实施复仇，并夺回那笔钱。

我们可以让莱斯莉被逮捕。或者，她可能没有被逮捕。或者还有另一种可能，罗斯厌恶地离开她，或者只是伤心地意识到，虽然他爱着她，但他再也不会相信她。

一个角色取得胜利——至少在客观上。罗斯此时将以完全不同的姿态迎接未来。

用心创作

（以下是一篇起初发表在《剧本杂志》[①] 电子版中的文章。尽管这是针对某部电影的点评，但文中提出的观点可以运用到提高你的创作水平中。）

我经常谈及结构，但是制作好电影还有一点同样重要：用心。并不是伤感主义。然而如果必须在伤感与毫无意义的暴力、色情、种族歧视等之间作出选择，无论何时我都会选择过时的伤感主义。

① 《剧本杂志》(*Scriptmag*)，创办于1999年，提供电影电视的剧本创作技巧和行业信息，刊发作家、制片人的文章，深度点评剧本。网址：http：//www.scriptmag.com/。

两部近期的电影可作范例，它们虽结构薄弱，但以感人制胜：《电影人生》与《大人物乔》。遗憾的是，决定好莱坞最烂片的那群人认为这两部感觉不错的电影低于标准。真可惜，我们本可以用到更多这样的结构有瑕疵但出发点不错的影片。至少优于《十三号星期五》、《独立日》以及《小鬼当家》这几部系列电影。

《电影人生》的问题主要是没有人会把金·凯瑞[①]误认为镇里最受人喜爱的儿子或战争英雄。为什么？制片人在电影结尾犯了一个大错：他们让马特·达蒙读了战争英雄的最后一封家书。为什么？因为即使是他们也知道，要使金·凯瑞与战争英雄不仅面貌相似，连嗓音、口音、语调、音色、词汇等都一样，是多么不可能的巧合。

更糟糕的是，战争英雄曾是一位足球明星。我并不是个明星，但我在高中时踢球，我可以告诉你的是我身上仍然有那时留下的伤疤。战争英雄在踢球时不可能没有留下伤疤，更不用提年少时野蛮玩耍留下的伤疤。我从树上摔下来时，撞到固定的物体时，踢足球时，打空手道时，举重时，等等，留下的伤疤我数都数不清。战争英雄的父亲简单地查看这其中的一处伤疤就可以确认由金·凯瑞饰演的角色的真实身份。

即便如此，这部电影提及英雄主义和真正的家庭价值观，一个傲慢自大、愤世嫉俗的年轻人逐渐给予一个父亲般的老人以爱的关怀，即使他发现这个人并不是他的父亲。结尾处，这个在他自己的人生中从来算不上英雄的英雄，做了一件英勇的事——正确的事。你知道吗？这就足以让我搁置怀疑，好好欣赏这部电影。

---

① 金·凯瑞（Jim Carrey），1962 年出生，加拿大裔美籍演员。在好莱坞被誉为“好莱坞喜剧天王”，代表作有《楚门的世界》、《变相怪杰》、《冒牌天神》、《新抢钱夫妻》等。主要成就：获 1999 年金球奖最佳男主角奖，获 1998 年金球奖最佳戏剧男演员奖。

同样，《大人物乔》也有它的问题。可以预见，它很简单，或许还有点陈词滥调。但它也是很感人的。主角做了正确的事，避免了暴力报复，最终不仅与一位迷人的女人在一起，而且赢得了自己女儿的尊重。更重要的是，他最终找回了自尊。

这个又是哪里出错了？为什么人们热衷将奥斯卡颁给那些暴力、剧本很烂的电影？特效和天文数字般的片酬使这些电影窒息。然而，却不能领会透彻从而推荐几部感人的小电影，一些提倡有意义的价值观，带来几声欢笑、几滴泪水，在最后让人有欢呼胜利的愿望（因为主角不需要脱掉衣服、伤害任何人，甚至不用诅咒任何人就可以成功）的几部电影？

结构？是的。感人？绝对是。对于那些批判这些电影的批评家，我要说：如果你能始终如一地批判那些真正差劲的电影（那些不幸得奖的影片），我就更能接受你们对这两部有缺陷但有趣的影片的草率决定。

我对剧作家的建议？创作既要用脑也要用心，电影不论缺少哪一个因素都不值得制作，也不值得观看。

真心——实意——写给你。

第三部分 全局

14 情节概要

好的，那么你现在如何处理所有这些要素呢？首先，你可以构建一个“情节概要”，用一两句话描述一下你的剧本。

情节概要不仅用来向制片人、执行制片人、经纪人推荐一个项目，而且可以用来压缩故事，显示它的结构是否合理。在好莱坞有一句老话：如果你不能用一句话描述你的故事，你的这个故事就有问题。当然很明显，也是有例外的。当你使用剧本创作准则时，一个简短精练、引人入胜的情节概要就是你的目标。

以两部极其成功的电影为例，《泰坦尼克号》和《冰血暴》。两者中，我认为《冰血暴》是更好的一部，若干个“100部最佳影片”的名单中包括《冰血暴》却没有《泰坦尼克号》，这可以支持我的观点。然而，《泰坦尼克号》在推介情节概要上要更胜一筹：“一对年轻情侣相遇相爱在海上……泰坦尼克号的首次航行中。”我都不知道该如何开始介绍《冰血暴》。剧本的质量取决于创作的技巧，而不是故事的概念。

尽管如此，不能用一两句话说出你故事的精华可能说明故事有些结构上的问题，这句老话还是有一定道理的。为什么？因为你的故事就像一幢房子——它需要某些要素或者说“构件”。如果你不知道这些构件是什么，制片方、经纪人或执行制片人也许要怀疑你是否会费心将这些构件放进你的故事中去。

你再也找不到比《钢木兰花》更“低概念”的电影。这部伟大的影片不是像《E. T. 外星人》、《大白鲨》、《泰坦尼克号》一样高概念的电影（详见第 16 章），但它具有前面提及的构件。如果你想要宣传剧本，就把这些要素一起放在故事概述中：“一位有过度保护欲的母亲被迫在保护她生病的女儿与让女儿冒生命危险生下腹中孩子之间作出抉择。”

这或许又不是一个高概念的故事，但是知道了这个故事的要素，我就可以准确地为它定位。在高概念的故事中，你不一定非要清楚一切，甚至不需要具备所有的必备要素。就以《大白鲨》为例：“一条大白鲨威胁到一支旅游团。”谁是主角？谁是反面角色？人生转折事件是什么？有利的故事环境是什么？谁在乎这些！彼得·本奇利[①]从他相当平凡的小说中赚取了 500 多万美元，仅仅因为它有一个高概念（以及吸引了斯皮尔伯格这个年轻人的眼球）。

你不需要用所有的要素去制造宣传型情节概要。但是，你需要所有这些要素制造我称之为分析型情节概要的东西。创作这样的情节概要，不是为了宣传，而是为了分析故事的结构完整性。

如果有人在《泰坦尼克号》中使用分析型情节概要，他们就不会确定主角、反面角色、人生转折事件、有利环境以及盟

经典对白

“一天早上，我在我的睡衣里打死一只大象，他怎么跑到我睡衣里来的，我就不知道了。”

——《疯狂的动物》

“棒球运动里没有哭泣！”

——《女子棒球队》

“知己知彼，百战不殆。”

——《教父 2》

“上帝为证，我再也不会挨饿。”

——《乱世佳人》

① 彼得·本奇利（Peter Benchley），1940 年出生，美国作家。他的祖父罗伯特·本奇利是位幽默作家，父亲纳撒尼尔·本奇利也是位作家。1961 年毕业于哈佛大学。1971 年，他才开始写作《大白鲨》，这是他的第一部小说。

友等要素。事实上，他们也许会发现剧本实际上没有第二幕（基本上也没有第三幕）。然而，在 2 亿 5 千万美元的制片预算以及 5 千万美元宣传费用的帮助下，制片人创造出史上最成功的票房纪录。

如果你想要创作一个分析型情节概要，需要包括所有的故事必备要素。这些要素包括我们之前提到的全部成分：主角、缺陷、有利环境、反面角色、盟友、人生转折事件以及危险。

比方说，当一个年轻冷漠的 X 一代①传票送达员被人诬陷谋杀时，他遇到了一位富有同情心的女人，她教会他不仅要关注如何洗脱自己的罪名，而且要努力阻止真正的凶手，那个携带核炸弹以及迪士尼门票的恐怖分子。（这是我自己的一部剧本的情节概要——《递送员》。）

情节概要的要素

下面是对我的剧本《递送员》的分析型情节概要的分解。

主角：一个年轻男人

缺陷：冷漠

有利环境：X 一代的标签已暗示出其环境，因为这意味着主角使自身处于冷漠的周边环境中，那是我们对那一代人的定义，对错暂且不论（这一代人已成长起来，即将被 Y 一代②取代）。我们冷漠的 X 一代人像《洛奇》中的洛奇·巴尔博亚一样。洛奇是一个被失败者包

---

① X 一代（Generation X），用来形容第二次世界大战后出生的一代，详细的出生时间范围有一说为 1965 年 1 月—1976 年 12 月，有着“被排挤的世代”隐喻。X 一代通常指欠缺身份认同、面对着前景不明朗、甚至恶劣的未来的一群青年。这代人在 20 世纪 80 年代的经济衰退中长大，又经历了 21 世纪初的互联网泡沫的破灭。在美国，X 一代前有婴儿潮当道，后有 Y 一代强势冲击，在生活和工作中被夹在中间，处境尴尬。

② Y 一代（Generation Y），继 X 一代之后，美国人把 1980—1995 年出生的人称做“Y 一代”。由于深受互联网无限制的交流方式的影响，Y 一代表现出的鲜明特征就是不受任何条条框框的限制，喜欢以自我的感觉为出发点来考虑问题，独立自主成为他们的标签。在 Y 一代看来，一切皆有可能。

围的失败者，这种环境使他不会引人注目。我们的主角是一个隐藏在冷漠之中的冷漠的年轻人。

盟友：一个女人

反面角色：恐怖分子

人生转折事件：在这个例子中，转折事件是我们的主角被人诬陷谋杀，这迫使他不得不在他的自私与做正确的事的机会（以及赢得这个女人的芳心的机会）之间作出抉择。

危险：他面临着因谋杀被逮捕的风险。从更大范围来看，这个恐怖分子有可能引爆一枚核弹。

还有两个因素可以运用到我们的清单中。它们是我们的准则内在固有的，但把它们视为独立的要素通常更有效。它们是潜在的征程和盟友的行为模式。

潜在的旅途：潜在的征程是主角寻找真凶，学习具有同情心，以成为一个更优秀的人的旅途。“主角的旅途是什么样的?”这个问题应该而且经常是由制片人和项目开发总监向剧作家提出的常规问题。如果你没有创作出主角的旅程，你就没有创作出完整的故事。

盟友的行为模式：盟友的行为模式为什么重要？因为盟友必须让人相信他有资格帮助主角。让谁相信？让读者以及（或者）观众相信。如果你的主角是一个吸毒者，盟友是上帝耶和华的见证人，盟友来到主角的家门口，告诉他耶稣得知他的一个“教徒”偏离了善行，堕入吸毒的罪恶中，耶稣是“如此地伤心”，然后主角就相信了盟友……我，打个比方，是不会去买这样的故事的。

为什么？真正的瘾君子不会多听一秒耶和华见证人的布道，他也绝对不会改变他的整个生活，更不会因此放弃顽固的毒瘾。谁会有能力帮助一个有毒瘾的主角呢？另一个克服毒瘾的吸毒者如何？或者一个有权威、怜悯之心的父亲般的形象，使主角相信其判断的人？或者一个发挥负面影响的瘾君子，他无意中向主角展示出若不能克服毒瘾将面临的下场？

如果你不能使观众（不论是影院中的还是电影公司办公室中的）相信你的盟友可以拯救你的主角，你就失去了那些观众。

情节概要的重要性

若你真的想要测试你的故事结构的完整性，将上述要素包含在分析型情节概要中尤为重要。

作为项目开发总监，我阅读过 5 000 多部剧本。我发现很多剧本缺少这些要素中的一部分，这样的剧本对我不管用，对其他人也一样。请记住，如果你的分析型情节概要中有一个漏洞，它不过是你故事的极其短小的概要，但是想象一下，在一部 23 000 字的剧本中，这个漏洞将会被放大多少。

这好比用枪瞄准。如果你的枪管末端偏离左边一英寸，当子弹打到枪靶时，就会偏离左边不是几英寸，而是数英尺。一个欠佳的开头总是在结尾的时候被放大——步枪射击如此，剧本创作亦然。

我突然想到一个事例，我曾收到一个情节概要，其中没有一个人物。好像是这样的："大自然对环境破坏进行还击。"这看起来好像一个荒谬的例子，但是极端事例往往最能阐明规范中存在的问题。这位作者遗漏了不是一个、而是所有的重要元素，包括人物。

识别概要中各个要素

现在，你的任务是识别你的故事中上述所有要素，然后将它们放入分析型情节概要中。这个时候，不必担心概要有多长，哪怕它是一个"段落记录"或"整页记录"。

关键是通过使用故事最重要的元素——主角、反面角色、缺陷、盟友、人生转折事件、危险、有利环境、潜在的旅途以及盟友的行为模式——去捕捉并传递你故事的本质。最后，把这个拓展了的概要编辑成一个简短又吸引人的故事描述。

如果你对创作好的概要还有疑问，请耐心点——第 16 章将对你有很大帮助。

客观与主观故事线

弄清楚你的概要的各个要素的方式之一是查看你的故事线。本书原名为“讲述两个故事”。这是因为，如前所述，所有的好故事都是由两个故事组成的——客观故事线和主观故事线。

《婚礼傲客》中，客观故事线是约翰和杰瑞米能否实现又一个成功的婚礼捣乱季，而不被人打残致死，或者（更糟的）与那些他们的一夜情对象——痴迷婚礼的女人发生感情纠葛。主观故事线是约翰最终能否与一位值得为她付出的女人产生一段有意义的爱情。

《百万美元宝贝》中，客观故事线是弗兰基能否训练玛吉赢得世界女子拳击赛冠军。主观故事线是弗兰基能否以父亲的形象实现自我救赎，因为他以前没能这样对待自己的女儿。

《离开拉斯维加斯》中，客观故事线是本是否真的打算酗酒自杀。主观故事线是本能否找到活下去的理由。在这个故事中，两条线似乎是一样的，但其实不一样。客观故事线是某个特定的行动能否完成（自杀）。主观故事线是主角是否能够在他自己眼中救赎自己，继续活下去。

《洛奇》中，客观故事线是洛奇为世界重量级拳击锦标赛训练，对抗现任冠军阿波罗·克里德。主观故事线是洛奇努力摆脱他的失败者形象。于是，主观故事就是主角成为一个更好的人的故事，不只是成为一个更出色的拳击手、警察或政治家等，而是一个更好的人。

《致命武器》中，客观故事线是梅尔·吉布森饰演的里格斯警官能否抓住加里·布塞饰演的坏人乔舒亚。主观故事线是里格斯警官能否找到活下去的理由。

《铁钩船长》中，客观故事线是成年的彼得·潘能否从铁钩船长手中救出他的孩子们。到现在，你应该猜一下主观故事线是什么——彼得·潘必须面向他的过去，拥抱他的童心。

将剧本分解成客观和主观故事线可以帮助我们更好地把握各种各样的故事要素。这简化了我们将故事放入情节概要的过程。一个好的情节概要也可以告诉我们两条故事线各是什么，因此你需要保证你的情节概要和你的故事中有客观和主观两条故事线。

不成故事的故事及其原因

好的，这是一个故事：一个女人坐在岩石上，凝望着大海。她内心矛盾，对自己为了追求作家的事业而抛夫弃子感到内疚。当她坐在石头上，凝望大海的时候，她在内心解决了她的难题，做出了一个决定：必须去追求她的梦想，继续写作之路，即使这意味着要失去她的家庭。

主观故事线是什么？这个女人在追求她自身的利益还是放弃梦想来陪伴她的家人之间进行挣扎，作出抉择。客观故事线是什么？没有客观故事线。这一点为什么很重要？因为没有客观故事线，我们就看不到外部故事情节。我们所能看到的只是这个女人望着大海，或许还眉头紧锁。她可能在经历情感的冲突与痛苦，与战场上的士兵所经历的一样巨大。但是我们怎么知道？我们为什么要关心这个？我们能在银幕上看到些视觉上有趣的事物吗？什么也看不到。

嗯，一名警察在追捕一个坏人，最终追到他，将他打败。客观故事线是什么？一个警察追捕一个坏蛋。主观故事线是什么？没有主观故事线。我们可以看到壮观的特效、枪战、撞车、爆炸等，但是没有个人的、主观的故事情节或者努力挣扎。没有人把我们吸引到故事中去，没有人给电影增添个人情感。

最后这个故事是艾迪·墨菲[①]的电影《都市》。这部电影由飞车、

① 艾迪·墨菲（Eddie Murphy），1961年出生，美国演员，自一脚跨入影坛后，一直是一位出色的喜剧演员。凭借《追梦女孩》获第64届金球奖最佳男配角奖。代表作有《贝弗利山警探》、《怪物史莱克4》。

爆炸和枪击构成，但是没有个人主观的故事。事实上，由于没有主观故事线，这部电影过于空洞，以至于在电影一半的时候脱离了客观故事。尽管墨菲的角色已经抓到了坏人，但是作者不得不让坏人逃跑，这样墨菲才可以再次上演追捕的画面。这里没有主观故事情节加强和深化客观故事。

注意：大多数好的故事都包含客观和主观故事线。

要认识到一件关键的事情：只有当弗兰基、约翰、本、洛奇（或其他任何主角）克服了他的性格缺陷，只有当他在主观层面上胜利了，他才能在客观层面上胜利。

《婚礼傲客》中，约翰必须先克服他对亲密的恐惧，才能设法得到克莱尔。只有当他在个人层面上成为一个更好的人，他才可以在客观层面上实现他的目标（得到那个姑娘）。

《百万美元宝贝》中，弗兰基必须首先克服他对家庭亲密关系的恐惧，才能训练玛吉参加锦标赛，从而得到他们两人需要的第二次机会。只有当他在情感上愿意牺牲自己，对玛吉敞开心扉，他才能有机会训练她，给予她为世界锦标赛奋战所需的信任。

《离开拉斯维加斯》中，在放弃酗酒自杀的计划之前，本必须找到一个活下去的理由。本必须变成更好的人，一个有勇气为了惨淡人生而奋斗的人，在他有机会赢得客观层面的胜利之前——与萨拉建立恋爱关系，继续活下去。

《洛奇》中，主角必须克服他失败者的自我定义，然后集中精力获得客观层面的胜利，与冠军对抗到底。

难道每一部剧本都是用这样的方式写的吗？当然不是。有一些伟大的剧本打破了其中许多规则。如果你也是那样一位天才，可以将规则扔在一边，写出《阿甘正传》、《改编剧本》、《记忆碎片》、《死亡幻觉》这类非正统的杰作，那就去写吧。

然而，如果你同我们其余的人一样，对标准的剧本结构有所了解将会帮到你，如果帮不上其他忙，至少让你知道你在打破什么规则。有意打破规则说明你已经为后果做好了准备。毫不知情地打破规则会给你和你的剧本带来很多意外，但并不全是令人愉悦的意外。

情节概要的优秀案例

如果故事有牢固的客观和主观故事线，我们就会得到牢固的情节概要。

“当一位女性拳击手说服他训练自己时，这个疲倦的老拳击教练得到了第二次机遇。”

“一个温顺孤僻的小男孩在他的衣柜里发现了一个陷入困境的外星人，他必须找到勇气对抗当局，帮助那个外星人返回它的星球。”

“成年的彼得·潘已经为了‘现实’世界而放弃了梦幻岛，他发现铁钩船长绑架了他的孩子，并把他们带回到梦幻岛。”

“一个穷困潦倒的俱乐部拳击手遇到了千载难逢的机会——参加锦标赛。”

“两个疯狂的婚礼连环破坏者最终遇到了他们的女性伴侣。”

如果你不能用一两句话总结你的故事主旨，或许是因为你的故事有结构上的问题。谨记：一个好的情节概要不仅告诉我们故事的内容，还告诉我们两个故事各自的情节。

15 大 纲

写出分析型情节概要之后，下一步是为你的故事写出一个大纲或者纲要。大纲正是剧本的粗略纲要。开头、中间、结尾，再加上故事中其他重要事件，都应该展现出来。

纲要则更加详细——包括剧本中每一个场景的简要描述。阐述可以长达 20 甚至 50 页。(这两种长度的纲要我都曾写过)。这种纲要很详细，你应该只需加些对白，剧本就完成了。

在好莱坞，有时纲要和摘要这两个术语交替使用。如果遇见有人用纲要这个词表达摘要的意思，不必与他争论。但是如果他们二者都问到了，你或许要问他们实际上想用的是哪个词汇。

头脑风暴

或许，将一个情节概要变成大纲的最有力工具就是头脑风暴，它的含义就如听起来一样——让大脑自由发挥，想出各种主意、场景、对白以及你能想象到的故事的其他部分。然后，你将这些想法、主意和场景按时间先后顺序组织，使它们按照戏剧的发展顺序与你的第一、第二和第三幕相符合。接着，你将这些场景、对白和其他事实尽可能地扩展，然后把它们连接在一起，用一个部分帮助你决定下一个部分应该是什么样的。

与故事讲述的其他部分一样，头脑风暴创作故事的过程也是一个提出问题和回答问题的过程。

比方说，在我们的彩票故事中，我们会在第一幕描述一个家庭富裕的主角。我们知道，主角反抗她作为有钱人的身份，她现在的生活处在更低的经济水平上。我们还知道，主角的恋人是一个好人，但在经济上并不怎么成功。主角的父亲即反面角色，他滥用财富，忽视他的女儿，但是他仍然想要试着将他的女儿带回他那物欲横流的世界中去。

你看到了吗，仅仅通过知道主角、反面角色、盟友、缺陷、危险、人生转折事件，我们可以推出多少情节？

开始提出问题

现在，开始提问。

比方说，银幕上的哪些事件和对白能帮助我们认识这个中彩票的女人是个什么样的人？想象一下，有什么既可以看见又很有趣的方式来展现她害怕变成她父母那样的人，以及用什么方式展现她与恋人的关系，她作为“可怜的富家女”的痛苦的过去？等等。

我们可以插入他的父亲来看望她，并给她丢下一张彩票的场景。

我们可以插入她与母亲通过电话或者面对面地交谈，试图建立她们之间的关系的场景。设定她们之间的关系略不同于她和父亲的关系会更有帮助。否则内容就会重复，倒不如在故事开始前就设法让她的母亲死掉。

经典对白

“罗宾逊夫人，你在勾引我，是吗？”

——《毕业生》

“先生们，你们不能在这里打架！这是作战室！”

——《奇爱博士》

“世界上有那么多小镇，那么多酒吧，她偏偏走进了我这家。”

——《卡萨布兰卡》

“忘了吧，杰克，这里是唐人街。”

——《唐人街》

我们可以创造一个场景，展示我们的主角对其恋人的深情，以及她的恋人是个多么善良却不富裕的人。

我们可以设定一个或几个场景，展示主角的朋友们，以及她与恋人多么喜欢跟他们花很少的钱一起去娱乐。因为她认识的每个人都很拮据。

我们可以设计一个场景，一个豪车车主“抢占”了主角的停车位，她非常气愤。想到她的父亲，她认为那个司机是因为自己有钱便觉得可以肆意妄为。这个场景有助于我们看到她对自己富裕的父母的不满。

设计场景

继续这个设计场景的过程，展现角色、人生转折事件、转折事件的影响，以及它引起的挣扎、剧情、冲突。此外，还要设计制作一些场景来展现反面角色的作用、主角与其盟友的关系，以及主角的盟友帮助她认识并克服其性格缺陷的方法。不要忘记展现主角的过去、反面角色的立场等。考虑到仅仅在第一幕你就需要展现这么多场景，你应该不会缺少场景。

扩展，提问，头脑风暴，很快你就会发现你的场景一个接一个，对白一个接一个，事实一个接一个，事件一个接一个。不久，你就会得出一个牢固的大纲——甚至是一个详细的纲要。

情节点大纲

我们一旦对所有的场景都做了头脑风暴，就可以将它们归纳出一个大纲。大纲的一种形式是情节点大纲。这是对你的故事中的主要事件、认识、失败、成功等问题的逐点描述。顺便提一下，你可能注意到有的大纲中人物的姓名在第一次被提及的时候是作了突出的。这是一般的惯例，告诉读者某个特定人物第一次出现在故事中。以下是我们的故事的情节点大纲。

- 在战争进行中，精英特种部队的分队队长罗斯命令撤退，这个命令导致他的队员被杀害，致使他将自己定义为懦夫。

● 战争结束后，罗斯找了一份最安全的工作，成为一家中型企业的会计员。他为自己创造了一个美好安稳的世界，在这个世界里，他永远不会被要求做任何可能暴露出他的懦弱的事情。他保持着温顺、谦逊的风度。但是他还通过每周末在极限运动公园参加攀岩、武术、跳伞等运动，进行严格的训练，来维持他的身体技能。

● 罗斯喜欢莱斯莉，她是他所任职公司的董事长。然而，罗斯感觉自己很差劲，因此不敢追求莱斯莉。

● 莱斯莉喜欢罗斯，但被他懦弱的性格所阻碍。

● 马特是公司的副总裁，他对莱斯莉阿谀奉承，对罗斯不屑一顾。

● 当罗斯被问及马特滥用职权时，他只是说因为马特是他的上司，他的工作就是听从马特的命令。马特无意中听到罗斯无力的解释，猛烈地攻击他，声称在其位谋其利，因为这是个人吃人的社会。马特透漏他的父亲就是被“这个法则”打败的，他，马特，决不允许这样的事发生在自己身上。

● 当他被要求在夜间将公司基金存入银行的时候，这是一件他从未做过的事，我们看到罗斯自相矛盾的性格特点。到达银行的时候，罗斯突然遭到一帮劫匪的袭击。有那么一会儿，会计员罗斯变回了绿色贝雷帽罗斯，他猛烈反击，痛打了这群劫匪。然而，他又突然陷入恐慌，又一次屈服于他的恐惧。

● 马特利用电脑，通过电子系统洗劫了公司的银行账户和投资基金。然后他销声匿迹，使公司处于破产的危险境地，从而威胁到员工的工作、退休金和毕生积蓄。

● 罗斯意识到他安稳的世界处于危险之中，不情愿地与莱斯莉配合，追踪马特的下落。马特猛烈反击。罗斯被吓呆了，差点导致自己和莱斯莉丧命。是莱斯莉的敏捷思维救了他们。

● 莱斯莉丢弃罗斯，因为他的懦弱差点害死他们两个人。

● 罗斯得知莱斯莉独自寻找马特，感到羞愧。第一次，自我挽回的欲望战胜了他的懦弱。

● 罗斯赶上莱斯莉，说服她再给自己一次机会。她很不情愿，仍然生着他的气，特别是她不清楚他懦弱的真正原因，无法相信他。

● 为了证明自己，罗斯铤而走险，寻找马特的位置，这使莱斯莉平静下来。她与罗斯团结起来，罗斯揭露了自己懦弱的一部分原因。

● 罗斯发现莱斯莉也有她自己的阴影和恐惧，尽管如此，她还是有勇气继续下去，这使他受到鼓舞。

● 罗斯把莱斯莉视为榜样，以此增加自己的勇气，他对她产生了更强烈的感情。

● 罗斯冒着更大的风险，发现了马特在沙漠中拥有一个赌场或度假胜地。

● 由于缺乏马特的犯罪证据，罗斯和莱斯莉无法得到官方的帮助。

● 虽然罗斯没有完全战胜他的心魔，但他将公司的电脑极客（即会计员）组织成一支电子突击队，试图入侵马特赌场基地的电脑系统，夺回那笔钱。

● 罗斯意识到公司其他员工压下的赌注有多大，他不仅代表自身利益和莱斯莉的安全，还代表每一位公司员工的利益、工作和毕生积蓄。除非取回钱，否则他们的生活将被摧毁。

● 公司的电脑极客们发现入侵赌场的电脑将是一个漫长的过程。因此，罗斯将喜欢冒险的朋友们组建成一个团队，他们急切地抓住这个机会，将他们的作战技能实际运用到闯入赌场、抢回与马特从公司盗取的数额相当的钱上。

● 电脑极客们（会计员们）努力入侵赌场的电脑系统，同时，罗斯率领他的周末极限运动战士闯入马特的赌场。他们巧妙地通过了赌场不同寻常的森严戒备，进入赌场的金库。

● 罗斯和他的队伍被困在了赌场的金库中，赌场更加严密的二级保安系统将他们困在里边出不来。

● 罗斯发现，赌场的巨大金库实际上是一个大规模民兵组织的总部，他们窃取了数十亿美元，并将这些钱储存在世界各地的银行中。除非他们在某个特定时间内逃出去，否则罗斯和他的业余战士们将被马特的赌场保安部队发现，并遭到杀害。

● 马特为了完成最后的工作，在莱斯莉的公司大楼安置了一枚炸弹，这枚炸弹足以摧毁大楼，消灭大楼里的每一个人。

● 罗斯得知马特在公司大楼安置了炸弹，后来又得知马特在赌场也安放了炸弹，打算杀害罗斯、罗斯的队伍、马特的保安部队以及赌场的顾客。马特计划逃到欧洲，他在那里的许多银行藏匿了数十亿美元。接着，罗斯发现了证据证明莱斯莉曾经是马特的同谋，以及马特背叛了她。

● 马特封锁了整个赌场，将每个人都困在里边，自己只身前往机场。

● 罗斯开始带着他的队伍逃出赌场金库。另一边，莱斯莉对她的大楼中的炸弹并不知情，她通过电子系统追踪逃跑的马特以及他转移到欧洲各个银行账户的钱财。

● 罗斯及时逃出了赌场金库，救出了所有人，紧接着就看到赌场在巨大的爆炸中被摧毁。

● 莱斯莉找到了马特的钱——所有钱，不只是他从她的公司窃取的那部分。她将钱转回到自己的账户。

● 莱斯莉跟踪马特到机场，马特被逮捕。

● 罗斯拼命地给莱斯莉打电话，莱斯莉从大楼及时撤离，躲过了摧毁整栋大楼的爆炸。

● 罗斯向警方告发莱斯莉，因为她是马特的同谋。

或者：罗斯接受了莱斯莉，原谅了她，因为她帮助抓获了马特，还回了那笔钱。

或者：罗斯离开了莱斯莉。

或者：结局模棱两可。

这是莎士比亚戏剧吗？该死，这甚至不是像样的《007》或《虎胆龙威》。虽然如此，它还是个故事，可以通过无数方式修改、扩充或者改编。还有，如果好好创作，如果你很好地完成了故事大纲，或许它可以成为一个不错的惊悚电影。

我意识到故事中遗漏的是对主题的强调，虽然一旦开始写作，真正的剧本中就会出现大量的强调。这应该是一个男人寻找变得勇敢的理由和机会的故事。他发现无法逃避自己的懦弱，无法隐藏它，无法用谎言掩饰它，他发现最终它会追上自己，同时他却一直承受着可怕的预感。“英雄只死一遭，懦夫一生数死。”

在这个故事中，这个主题需要更清楚、更有力地加以阐释，用一种与读者或观众相关的方式提出。很少人会与一个懦弱的特种部队队员产生共鸣。然而，一个内心恐惧的人得知自己必须面对这些恐惧，否则就会遭受比最初导致他恐惧的事物更糟糕的命运，与这样的人，我们会产生共鸣。

打破规则——或者发展规则

你可以打破许多规则，以达到你想要的任何效果。当然，你首先必须知道这些规则是什么，这正是本书的主旨所在。

多年之后，你，作为一位出色的剧作家，还会再遵循这个准则的琐碎细节吗？我希望你不会，因为我希望你拥有自信，能令你的想象力肆意发挥。你会用到这里包含的一部分内容，肯定的，即使仅仅是创作一个主角、反面角色、盟友或人生转折事件。遵照本书的准则，了解构成准则的各个要素，你就不仅可以获得创作出一则好故事的基础，而且奠定一个良好写作生涯的基石。

16 高概念剧本与低概念剧本

目前“高概念”是好莱坞最重要的术语，而且很多年前就是。简单来说，它是指剧本故事的假设情节非常有力，有力到三言两语就能言明。更重要的是，它还意味着该故事明了到了一定程度，能立马“卖”给听众。当然，这也意味着故事的前提得要独特新鲜，能给人以惊喜。

倘若剧本故事足够高概念，那么就可以通过单纯用该故事的假设情节激发某人对它的强烈兴趣。下面是一些范例：

“一对素未谋面的青年男女在泰坦尼克号首航旅途中相爱了。”

“一个小男孩在衣柜里发现了一个外星人，他得帮它回家。”

“一位不诚实的律师被迫在重要庭审前夜说出真相。”

剧本是不是非得是高概念的？非也。电影史上有些大片也是低概念的，如《钢木兰花》、《来自边缘的明信片》、《撞车》，甚至连《星球大战》还有《第三类接触》都是相当低概念性的作品。

试着描述下《星球大战》，但请别让它听起来像另一个骇客科幻小说电影。再试着解释下为什么一位印第安纳州的一线工人有了与外星人的亲密接触后，会和其他美国科幻频道千篇一律的主人公截然不同。

可是，假如你有两个都写得很好的剧本，我敢保证高概念剧本要比低概念更热卖、更吸金。当然，你的故事是《撞车》那样的呢？还是《泰坦尼克号》那样的？这全然由你支配。如果它不是《侏罗纪公园》那类的高概念剧本，而更像是《钢木兰花》或《来自边缘的明信片》那类的低概念剧本，也别担心，你只不过得熬到获奥斯卡最佳影片奖而没有巨额票房。情况可能比这更糟糕。

一个成功者的故事

我的一位朋友写的剧本就是高概念故事的好例子。这位友人将剧本卖了出去，在他经纪人发行出去一天内卖了 60 万美元，这是他卖出的第一个剧本。故事的假设情节是这样的：有一位主持电台脱口秀的精神病专家，他冷酷无情，在广播里嘲笑病人。正当他要如期开播自己的电视节目时，却开始出现神经疾病的症状。在前往他首次现场直播节目的途中，他说话结结巴巴，嘴巴唾液四溢，身体抽抽搐搐，他焦急迫切地想找到治愈办法。

你可以预见这一点子被演出来的样子。想象一下，演员亚当·桑德勒、克里斯·洛克、罗伯·施耐德或者威尔·法瑞尔表演在不恰当的时刻一边流着口水，一边身体抽搐、结结巴巴、入店偷酒喝、用鼻子嗅酒味、粗话满口、挖着鼻孔、光天化日之下完全失控的同时，还得回避接下来电视节目的赞助商和制片人的场景。这人也知道是他的冷酷无情让他出了状况，而且为了及时治愈自己以便能上节目，他得想个法子面对这一自身缺点。

很显然，唯一的办法就是克服他自己对病人听众的尖酸刻薄。可是，此人成功的原因就是起初把他弄得一团糟的那份冷酷无情。这个点子真是棒极了！它还塑造了顶级好莱坞喜剧演员为之着迷的一个鲜明角色：劳拉医生遇见霍华德·斯特恩。

高概念电影的组成成分

让我们来看下高概念电影中常见的要素。先从尖酸刻薄的电台精神病专家的故事开始。它包含了几个能够让自己卖到 60 万美元的关键部分。

首先，它让主人公有明确的职业：主持电台节目的心理学家。注意，这里的职业与其说是职业，不如说是一个故事情境。例如在《大话王》里，金·凯瑞的律师职业就是故事情节不可或缺的一部分。然而，他在《变相怪杰》中所扮演的银行职员就与情节没关联。能让《变相怪杰》成为一部高概念、笑料百出的成功电影的是它的故事情境：一个温和的无名小卒发现了一面能把他变成疯狂整蛊之神的面具。

第二，它给主人公添上了一个和他职业相关的自身缺点。没有同情心肯定会产生问题，也与心理学家在人们心目中通常的形象相悖。而没有同情心却和管道工、钢琴家或者清洁员的形象既不相符也不相悖。

第三，要有故事发生，迫使角色在自己的缺点和一些机遇之间作出抉择。拿这个故事为例，该主人公（也就是电台心理学家）的机遇是战胜新得的神经疾病，这能让他对电台的病人听众抱有同情心。

第四，点子新鲜。我之前从未听说过这类故事。

第五，有强烈的讽刺感。一位心理学家开始表现出自己病人的神经疾病症状，这太讽刺了。换成是管道工人或者面点师表现出顾客的神经病态行为就不会有讽刺感了。

一位打心里不接受病人病症的心理医生是搞笑的。这一点在故事中也很有用，这就迫使这位心理学家直面他的缺点，也让他去思考这些神经病症的痛苦，尤其是在他通过拿神经疾病和患病的人作乐开办了一个成功电台节目的情况下。他靠着挖苦别人发家了，而他刚得的神经疾病也让他自食其果。

困难须牵扯到主人公的自身性格缺陷及其身份

在这里，真正的重点究竟是什么？那就是，电影里亟待解决的困难一定要牵扯到主人公的自身性格缺陷和他的身份。如果这部影片的主人公是名宠物美容师，那么它就不可能吸引人的眼球。一名宠物美容师也得了其顾客所患的精神病症的故事，这一点儿意思也没有，亦不会把观众逗乐。

如果主人公富有同情心，是个充满爱心的心理学家，那么这个剧本也不会吸引观众。因为与讽刺性故事或者牵扯到主人公自身缺点的故事的效果相比，它的故事效果远没有那么强烈。一位体贴的、努力帮助患者摆脱神经疾病的心理学家，无缘无故地患上了心理疾病，这样的故事安排毫无讽刺意味。这个故事也许仍会发展得很搞笑，但是它的笑点，却在好人遭受羞辱的不公平性中和丢掉饭碗的可能性中渐渐丧失。同样，如果这位心理学家是个好人，那么就他的恢复展开描述也没什么卖点。如果他人很好，却遭受无妄之灾，那么他该怎么做才能渡过难关？下面几点是构成这部高概念故事的要素：

- 主角在故事生活中有明确的职业或地位。
- 主角有着与职业和（或）地位相关的明显性格缺点。
- 有一个事件，迫使主角不得不在其自身缺陷和牵扯到其缺点、职业或地位的机会间作抉择。
- 在事件和主角职业或地位的纠缠中产生讽刺感。

诱饵设计

一个有内在冲突的角色，从本质上讲最有吸引人的可能。换句话说，这种角色称之为诱饵。文学上的诱饵，就是任何通过增添内在冲突或者内在悲剧来活跃作品人物、情境和事件的设计。

"彼得·潘"是个美好的小故事。可是，如何添加点儿有吸引力的东西，给这个故事些新鲜感呢？我的意思是，我们已经看过玛丽·马丁和凯茜·鲁比扮演的真人版彼得·潘了，不是吗？

长大后的彼得·潘忘记了自己的过去，直到有一天，他的孩子们被铁钩船长绑架了，他才解开了尘封的记忆。这个故事怎么样？这就是斯皮尔伯格红极一时的电影《铁钩船长》的剧本基础。

一个讲述数学天才的故事怎么样？无聊透顶！那么，如果这个数学天才是个低能天才，还被卑鄙的弟弟骗到拉斯维加斯利用起来大发横财呢？

是的，这个故事就是奥斯卡获奖影片《雨人》。

讲一个数学天才，却在麻省理工大学当门卫的故事如何？这是奥斯卡获奖影片《心灵捕手》的内容。

那患有精神分裂症的数学天才，让人不停猜测他是不是间谍的故事呢？成就了奥斯卡获奖影片《美丽心灵》。

单单讲述数学天才的电影不太可能成功，除非添加点吸引眼球的内容进去，比如让数学天才自然而然地出现内在冲突。就是这般，一样是讲述数学天才，却都赢得了奥斯卡金像奖。

诱饵手段不仅能运用于情境中，亦能加到人物身上。比如，两名战士为了各自的国家奔赴战场。吸睛之处在哪儿？那就是，敌对国双方已经谈妥，不会爆发全面战争，而是各自派出一名战士，置于小岛之上一决胜负。哪位士兵赢了，就意味着其所代表的国家的胜利。

达伦·麦克加文在1970年主演的电视剧《挑战者》中用的就是这种吊人胃口的手法。电视剧里添加了另外一个诱饵设计——双方国家各自又派遣一名战士秘密潜入小岛，作为取胜的保险手段。最终，麦克加文赢得了战斗，不仅了结了敌对国的参战战士和秘密潜伏战士，也结束了自己国家派遣的杀手锏的生命。因为这位秘密战士受命必须杀死麦克加文，以防他泄露自己的国家作了弊。

离第一次看这部电视剧已经过去几十年了，可我对它记忆犹新，就是因为编剧所用的诱饵设计。

运用诱饵设计是能让你的作品成为高概念电影的方法。这意味着，你需要从一个非同寻常的、创新的角度去接近主旨。通过这样的设计安排，可以在字里行间勾起制作人或工作室主管的想象力和投资兴趣。

我们能根据需求来创作高概念故事吗？

这个重要的问题是：我们能量产高概念吗？我们能提出一些原则来帮助我们创作出符合市场需求的高概念故事吗？

增添要素

此时此地，让我们试着加入这些要素，看看能否创作出一个高概念故事。先挑选一位角色，使其有着与自身和（或）自身职业相关联的明显性格缺点。接着我们为他设定一个难题，这个难题不仅与他自身和他的缺点直接相关，还使他不得不去面对这个缺点。

我们可以随意一点，上面那个只是个实验。让我们继续之前提过的宠物美容师的故事。为什么呢？因为我说过，它并不适合用来做高概念故事题材。我喜欢挑战，我要改造它。

首先，我们需要构造一个事件，与主角职业和性格缺点有关的事件。让他变成一只狗吧。你看，这样至少和他的工作有关。然后，我们需要给他安排一个缺点，不仅关乎他是谁、他是什么，还要关乎他变成狗这件事儿。

比方说，这位宠物美容师有很多有利条件，但是他从未意识到这一点。实际上，自己不尽如人意的生活，让他又苦闷又嫉妒。他觉得让他做美容的宠物狗都比他过得好。有一天，他开始抱怨了，说自己宁愿变成有钱客户家的宠物狗，都不愿意做卑贱的宠物美容师。

砰！我们的主人公和一位有钱客户家的狗，一只性欲旺盛的狗，互换了身份。

那现在算是高概念了吗？我们用一两句话就能阐述清楚吗？觉得自己不被赏识的宠物美容师偶然间与他的一位有钱客户家的斗牛犬互换了身份——这只斗牛犬生活奢靡，性致昂扬，却不能生育。如果不能让一只冠军级母斗牛犬怀孕，它就要面临被阉割的命运。

而变成宠物美容师的斗牛犬却吃着生肉，在公共场合随地大小便，还咬烂沙发，跟狗打架，下流地骚扰着每个他能追赶上的女孩儿。不过，在他试图跟一只 180 磅的獒犬打斗时，他终于陷入了大麻烦中。

同时，宠物美容师要么面临着跟母狗交配的恶心场景，要么面临着被阉割的命运，除非他能找到办法再次回到他原来幸福的生活中去。

有意思吧？一定的。有拍成喜剧片的潜力吧？肯定的。但是，他不如心理学家的那个故事优秀。为什么？首要的一点就是，它并非首创。记得《长毛检察官》吗，它就像是蒂姆·艾伦的《长毛检察官》的翻版。还有其他的一些故事也差不多是类似剧情，太雷同啦。这种套路已被用得太多，没有一丝新鲜感和独创性。

这就是说这个点子行不通吗？不，不是的。这只是说它并不如我朋友的那个剧本那么有高概念。值得一提的是迪士尼饱受诟病的靠炒冷饭来发展的经营方式：不断翻拍过时的老电影，比如《长毛检察官》、《飞天老爷车》和《爱虫》系列。

另外一个高概念的例子

试试这个：美国总统被一种细菌试剂感染了，使得他不得不说实话。而且，他还可以传染给其他人！

这就是我写《实话》的灵感，它是我在《吹牛顾客》、《戴夫》及《大话王》发行前几年就在写的作品。可是因为一些原因，我抽不出时间来把它卖掉。与此同时，好莱坞那边也拍出了多部与我构思类似的电影。《实话》就像电台心理学家的故事一样，能非常容易地用一句话表达出来，极具高概念性。只可惜，它不再具有新鲜感和独特性。

《实话》突出了爱猜想的宠物美容师故事里的其他一些问题。首先是人物性格缺点同人物职业间联系上的非紧密性。政客和律师谎话连篇，因此让他们开始说实话会显得滑稽可笑又讽刺味儿十足。心理学家的工作就是治愈患者，可是当心理学家并没有治好他的病人，而是把自己弄疯的时候，笑点就出来了。宠物美容师的工作是什么？给狗美容。宠物美容师与变得妒忌之间的联系并不如政客与说谎之间的联系那样显得强烈和自然。

顺便说句，《实话》中所设定的人物职业同电台心理学家故事中的职业还是有些不同的：一位是自称无所不知的、善于操控人的、狡黠的、想要剖析我们的精神病学家，另一位是满嘴谎话、也善于操控人的政客。

其实，《大话王》的故事情节因为主人公职业的原因，显得十分紧凑，节奏感十足。金·凯瑞饰演的弗莱彻·瑞德比政客还会说谎，因为他是个律师！试想下，满嘴瞎话、狡诈的律师却被迫说着真话的情形。脑补一下，铁石心肠又自负的心理学家却遭受着与他的病人相同的心理疾病症状。那些向他咨询的可怜人，他平时却是毫不关心！这不仅仅是讽刺，简直是绝佳的讽刺。

与宠物美容师相对的是什么？什么样的又不积极又不消极的鲜明人物特征能让我们安排给宠物美容师？我猜应该是没有的。那写部关于宠物美容师的故事是不是就不可能实现了呢？也不能这么绝对。但是如果我想通过一句话来描述一个故事，使它的高概念足以勾起主管/制片人/代理人的兴趣，“宠物美容师变成了狗”的点子显然是上不了台面的。

那凭什么“心理学家遭受其病人所患的病症”这句话却能做到？因为我们能立马想到非常具体的结果。“美国总统被一种病毒感染了，使得他不得不说实话。而且，他还可以传染给其他人。”听到这句话，脑海里立马就会浮现出相关的暗示、问题、情境、对话、诙谐、戏剧性和讽刺性。

我不断地重复着“讽刺”这个词语。这是一个重要的部分。“冲突”亦是如此。也许，热播短剧小说《荆棘鸟》里出现的神父和女人谈恋爱的情节并非幽默式讽刺，但是它仍然是讽刺，充满了冲突和戏剧性。“神父恋爱”满足了你们各种想象情境、问题和冲突的可能。为什么？因为限定了职责的神父这一职业与该事件、与自身的性格缺点，都有着直接的冲突。

神父被指控通过慈父般的、无性的恋爱方式照顾、满足其身边众人的精神需求。谈恋爱和有外遇都直接违反了神父的职责，损毁了教堂的形象。

心理学家因患神经疾病而被控诉。患上他的病人患有的精神疾病直接与其所承担的职责相冲。

我们已经开始把律师和政客认定为终极骗子了。他们中不论谁被迫开始说实话，都与我们给他们定下的形象背道而驰。这里面显示的就是内在冲突。如果律师不再说谎，当他为有罪的委托人陈述时，他会怎么做？如果政客不再为政府的丑闻保密，他会怎么做？

内在冲突就像为高概念准备的丈量尺，记录着最有力的要素和特质：它能使读者一眼就知道这篇故事在讲什么。

尽管如此，光有这一点还是不够。为什么？如果此类构想之前已经有人做了，那么想要卖出自己的剧本就没那么容易了。

尽管《实话》具有较强的高概念性，可我等了太久，以至于没法再把它推销给工作室主管或代理人。《戴夫》、《大话王》以及《吹牛顾客》把它推向了坟墓。突然之间，“美国总统被一种病毒感染了，使得他不得不说实话”的构想也不再让人觉得独特，但是却激发了其他类似《实话》的电影的商业可行性。时间有时候能解决“那使我想起了其他电影”的问题。所以其实，我现在又开始对《实话》这部作品感兴趣起来。它曾属于重要竞争者中的佼佼者，预示着也许它雪藏的时间已经够了，它已经再度新鲜起来，足以被考虑成一部高概念作品。拭目以待吧。

我们现在掌握了什么？

我们一直在寻找创作高概念情节概要的公式，现在来看看我们掌握了哪些东西。

a. 我们需要一个主人公，他的工作、职业或者生活环境都具有众所周知的鲜明的职责和特性（不论是正面的还是负面的）。例如，人们不会认为一个宠物美容师有什么独特的个性，却认为政客和律师会有。

b. 我们需要一个事件，它在根本上与这些职责或特性产生强烈的、戏剧化的冲突。例如，一位律师或政客总是说真话，

经典对白

“我一直都仰赖陌生人的好意。”

——《欲望号街车》

“再见，宝贝。”

——《终结者 2：审判日》

斯屈克：“你当然不可能是认真的。”

鲁麦克：“我是认真的，不要叫我雪莉。”

——《空前绝后满天飞》

“哦，不，杀死野兽的不是飞机，而是美女。”

——《金刚》

或者一位神父坠入爱河。

c. 我们需要一个冲突，能够唤起特定的情境、画面、对话、问题等。这样我们立刻就能看到热恋中的神父身上会发生什么。

d. 我们需要一个事件，有些离奇且不会被预料到。说真话的神父很常见，人尽皆知。但坠入爱河的神父作为主人公本身就很有趣，而且具有各种各样的戏剧性暗示。

从主人公说起

我们先从主人公说起。他的职业或境况具有人们所认为的职责或特性。

魔鬼和上帝打官司，一位神父被魔鬼请求去为自己辩护。这个主意怎么样？

我知道我跳过了一两个步骤，但是我得跟着我的灵感走。如果我们按照步骤走的话，首先我们应该设定一个职业，比如神父。之后我们就该仔细考虑一下什么样的事情会和神父的职责和（或）他的声誉相冲突。《荆棘鸟》讲的就是一位神父爱上了一个女人的故事。这个故事很明显属于高概念，与我们对神父惯常的印象相冲突。那么，还有哪些其他的地方违反和败坏了我们通常所认为的神父应有的职责和声誉呢？神父理应服侍上帝。但是，如果一个神父被迫去服侍撒旦而不是上帝，会发生什么呢？

如何回答这一问题取决于你个人的想象力偏好。我自己的“灵感”是为这位神父再增加一点特殊性，比如他之前曾是个律师。现实生活中，有些神父同时也确实是律师。尽管如此，人们仍然有可能觉得律师和神父的结合很有趣，因为这一点肯定能在描述主人公的工作时建立起冲突来。

中间幕和主人公的缺陷

我们现在还缺点东西，那就是中间幕。我之前说过，高概念能引出场景、想法、对话，实际上我想说的是，情节概要能够引出第二和第三幕戏。我这样说是因为大部分的情节概要实际上都只描述了第一幕戏。比如，“一对男女在泰坦尼克的处女航中相见并相恋。”“一个小男孩在衣柜里发现一个外星人。”“一位失去爱人悲痛不已的美国‘二战’老兵偶遇一名女子，该女子请求他拯救她的丈夫，一位战争英雄。”

目前为止，在这个神父或魔鬼的情节概要中，还没有第二幕或第三幕戏。

我们也没有提到主人公的缺陷。这一点很重要，因为如果这个神父没有某种缺陷，这个故事就会胎死腹中。到底是什么样的神父才会代表魔鬼？更别提他还要起诉上帝。除非这个神父肯定有某种缺陷，促使了他这么干。

金·凯瑞在《大话王》这部电影中的角色是个说谎者，而正是这一原因使得人们能够强迫他讲真话。他的缺陷（撒谎）让说真话变得有趣，并且富含冲突。同样，除非我们的律师或者神父有缺陷，要不然他代表魔鬼这件事是不会发生的，而且别人也不会相信这件事。所以，就让我们为神父创作一个缺陷吧。

或许神父正遭受信任危机。或许他坠入爱河，抑或他目睹了一件让他怀疑上帝的仁慈的悲剧。也有可能是他的一个朋友、家人或其他亲近的人死于癌症或其他疾病，或者因故去世。因此，我们的主人公的缺陷就是他不信仰上帝。这对于一个神父来说恰好具有讽刺意味。

我们的高概念情节概要

好了，现在我们的情节概要出来了：这是一个黑暗的渎神悲剧，一位神父因为尘世的苦难遭遇，放弃了对上帝的信仰，转而同意代表魔鬼对上帝提起公诉。

看起来不错嘛！所以，我认为我们能够量化高概念，并且能利用我们在本章所探讨的步骤创作出高概念故事来。现在轮到你来自己创作了！

我之前提到过，你的剧本没有必要非得是高概念的。一些已经拍出来的、最优秀的电影也不见得是高概念的。《阿甘正传》压根儿就没有情节概要。《卡萨布兰卡》很难用一两句话概括出来。《邦蒂富尔之行》、《为黛西小姐开车》、《冰血暴》、《钢木兰花》还有《来自边缘的明信片》，这些都是低概念的电影，但是它们仍然很精彩。然而，高概念的剧本却更容易吸引眼球，尤其是对于初学者来说。

这就很像这样一种情况：你有一张偏远的小木屋的照片，你要靠这张照片将这个小屋卖掉。如果有潜在的买家对照片里的东西感兴趣，他也许就会自愿前去看房。同样，如果你有一张包含了整个故事精髓的“照片”，而且“照片”还拍得很有趣，那就会对某个总经理或经纪人产生足够的吸引力，吸引他们来阅读真正的剧本。

我们能不能将低概念转化为高概念？

能否运用我们新发现的高概念公式，将一部低概念剧本转化为高概念剧本呢？我们来试试看。

我写过一部剧本，叫做《送信人》。我想把它拍成一部纯粹的商业大片。故事是这样的：主人公是个冷漠的X一代传票送达员，因为他的生父在他幼年时就遗弃了他，所以他的服务对象仅限于那些出生于婴儿潮时期的、拖欠抚养费的父亲。当然了，一般的传票送达员都是收取佣金，然后找到被传唤的对象，将诸如传票、离婚书、传讯书等文件递送给他们。

有一天，一个匿名的雇主雇用心不在焉的主人公去找一个很难找到的拖欠抚养费的父亲。我们的主人公在两位明显是警察之类的人的陪同下找到了他。但就在主人公准备递给他文件的时候，枪声突然响起，那个父亲和主人公的两个警察同伴应声倒地身亡。

之后，我们的主人公和一位美丽的女性目击者一起侥幸逃脱。但他俩都被真凶陷害，卷入了这场谋杀案。真正的凶手实际上是一名恐怖分子，他想借主人公之手找到自己团伙里的一个叛徒，这个叛徒想要将团伙头目在洛杉矶引爆巨型炸弹的计划泄露给联邦调查局。

我敢保证，你立马就能看到其中的问题。我花了整整一个段落去描述这个概念，但是就这么一整段文字也没能产生任何实实在在的刺激、惊奇或幽默。

我们来看看能不能按照我们的公式修改一下这个故事，好让你能理解这一方法，从而自己创作出高概念故事。这样你就能够将这个方法运用到一个新的剧本中，或者是一个你已经写了出来，但是没能卖出去的剧本上。现在，让我们再系统地回顾一下高概念情节概要的创作过程。

首先，我们需要一个主人公，他的职业、生活状况和（或）名声都承载着大众知晓或接受的鲜明的职责和（或）品格。我们的主人公是谁？一个传票送达员。那么，人们一般都认为传票送达员这一职业具有什么样鲜明的职责和（或）品格呢？很不幸，答案是没有。这就是我们的第一个绊脚石。但是，我们的主人公是一个 X 一代的懒鬼。X 一代，也叫 MTV 一代，这些人身上确实有一些特性，比如懒惰、反对体制、不负责任。

其次，我们的主人公身上要有缺陷，这一缺陷与他的职责和品格相冲突。那我们的主人公的性格缺陷是什么呢？是对父亲遗弃自己的怨恨。这里又出现了一个问题——这一缺陷与主人公的工作或境遇所承载的职责或品格不相冲突。

我们现在遇到了很多问题，但这很棒！为什么呢？因为我们能够看到，高概念公式作为分析工具非常有用，它能帮助我们找到故事中的软肋。

所以，主人公的缺陷，也就是对父亲的怨恨，与我们所认为的懒汉的品质不相冲突。当然，主人公的生活将会变得更加困苦，因为他是一个 X 一代的懒汉，不爱工作。所以这个缺陷不行。

当我创作《送信人》的时候，我已经分析过了 5 000 多部剧本，然后重新修改后寄给出品公司和电影制片厂，也已经写出了六部自己的作品，但我还是在《送信人》上犯了基本错误。然而，重点是我们的高概念公式使得我最终能明白这个错误。因为它可以当分析工具用。

那么，我作为一个给剧本看病的医生，怎么去“治疗”《送信人》呢？如果有人给我一个冷漠无礼的、X 一代的主人公，我会把这个懒鬼放到最不可能的环境中，立马创造出一个冲突。比如，我或许会写，他继承了一个亲戚的庞大产业，并且不得不努力经营，以免公司破产、员工失业。让一个懒汉去经营一家财富 500 强企业，这不仅滑稽可笑，而且是高概念。

一个懒汉设法追查恐怖分子不是一个足以让人感到刺激的高概念故事。事实上，对于这个故事来说，主人公没有必要非得是一个懒汉。这是一个某人设法阻止恐怖分子炸掉洛杉矶的故事。这个人是谁无关紧要。我没有遵守高概念的另一个“规矩”，我笔下的主人公的工作或职业与发生的事件和他的缺陷都没关系。通过运用高概念公式，我们能够快速、准确地判断出我的脚本哪里有毛病。这个公式同时也给我的下一个剧本带来了一个绝妙的主意：“一个 X 一代的懒鬼继承了一笔产业，但他必须学会怎么经营。”好了，我们别跑题了，这一部分的主要目的是将《送信人》这个低概念剧本变成高概念。

两种方法

有两种可行的方法能将《送信人》变得更加高概念。我们可以换一个改变主人公人生轨迹的故事，或者改变一下主人公和他的缺陷。

如果主人公还是那个叛逆的、反政府的、不负责任的懒汉，那么最能使他的生活发生翻天覆地变化的事情就是让他在自己有缺陷的生活方式和某个机会之间作出选择。

比如说，我们的懒汉主人公爱上了一个家财万贯、教养良好、优雅迷人的女人。那么他就会发现，自己要想赢得那个女人的芳心，就只能变得像她一样有钱、博学和高雅。现在，我们的主人公不得不作出抉择：一面是他的反体制思想，另一面是和他爱慕的女人在一起，而这个女人的财富和地位就象征着他拼死反对的体制。

这样的故事是一个很棒的浪漫喜剧，也是一个可以用一两句话就能交代清楚的高概念电影。“一个叛逆的 X 一代男子爱上了一个上流社会的美丽女人，为了赢得这个女人对他的爱，男子决定变得像她一样高雅和成功。”

这样写的话就会很让人满意。这个概念特别容易被表述出来。它可以拍成像《当哈利遇上莎莉》这样的小成本电影，也可以拍成像《电子情书》一样由明星主演的浪漫喜剧。

但问题是，如果这样改的话，就和《送信人》最初的故事一点关系都没有了。但如果我们不是在“治疗”《送信人》这个剧本，而是从这个剧本中挑出一部分来写另一个完全不同的剧本的话，这一点大可不必担心。要是新的剧本热卖，谁还会去管《送信人》最初的故事漏洞百出呢！

但是，我们还要再想想，如果留下原来改变主人公人生轨迹的事件不变，而去换一个新的主人公，看一看《送信人》的剧本还能不能热卖。

改变主人公人生轨迹的事件是他被陷害为杀人凶手。那么，问题出在哪？问题就是，这个事件本身已经出现过一百万次。有几百部、或许上千部电影都有一个被陷害成杀人凶手的主人公。

杀人的教皇，外星的使节，年迈的妇女，天哪！

有没有什么办法能让主人公变得不同寻常？这样的话，他被陷害为杀人凶手就成了一个高概念故事。当然有。教皇被陷害杀人，来自其他星球的外星使节被陷害杀人，一位 90 岁的老奶奶被陷害杀人。

这些是不是高概念？还不是。我们要把三个高概念部分联系起来：主人公的职业或境遇，缺陷，还有改变其人生轨迹的事件。

如果教皇被陷害杀人，怎么才能和他的职业或者缺陷联系起来呢？我们来设想一下。这个教皇位高权重，被权力和名声所腐蚀，一个野心勃勃的主教陷害他，说他杀害了他自己以前的一个情妇。这个教皇必须想方设法在不破坏教会的情况下证明自己无罪。

一个右翼宗教领袖诬陷外星使节杀了人，而这个使节来自首个接触地球的外星种族。这样的话，这个外星大使就必须活下来，劝说惊慌失措的地球人相信自己不是外星人大举入侵的急先锋。

一位痛苦的、富有的、自怜的老妇人，被漠不关心的家人丢到敬老院里。在她决定将自己的财产留给一个宠物收容所之后，就被诬陷杀害了一个想要占有她财产的亲戚。她必须躲开警察、小报记者和杀气腾腾的亲戚的围堵，证明自己是无辜的。

这些情节概要我觉得都不是最好的。我敢肯定，通过运用高概念公式和这本书中的其他方法，它们能被提升到一个更高的层次上。

它们能激起人们的想象吗？肯定能。我都能看到这样的情景：坐在轮椅上的老妇人运用智慧摆脱警察，然后与一个追着她想做采访的年轻小报记者成为朋友。在这个过程中，她变成了一个全国知名的人物。

我能看到，穿着华美、彬彬有礼的教皇突然开始回顾自己的人生，思忖他处于教会统治阶层时所做出的令人质疑的决定，即在“二战”时为了避免伤害教会而与纳粹勾结。或许是一两篇桃色新闻，让想要杀掉他的主教找到合理的借口：教皇蔑视教会，并且扬言要毁灭教会。

总之，这个故事的核心就是，一个好人好心办了坏事，所以必须要弥补过错，才能继续做好事。同时，他还得绞尽脑汁避免教会被丑闻击垮，保护自己不被主教杀掉。万一因教皇而死的女人不是他之前的情妇，会怎样呢？她是教皇之前的爱人的朋友，因为和教皇调情惹来杀身之祸，教皇因此从主教派来的杀手手中逃脱，转而向他多年前真正所爱的女人求助。

公式生效！

这些情节概要还很粗糙，因为它们刚从打字机里出来，还滴着墨，尚需进一步润色，但是它们仍是很好的高概念故事的前提。

高概念公式使我们能够分析故事，检验概念是否站得住脚；它使我们能够创作出高概念，并以此为基础写出故事；它能帮助我们判断我们的概念是否足够合理，值得追寻；它还能使我们在一开始就找到故事的缺陷，从而避免写出一部必定失败的剧本。

17 改编《泰坦尼克号》

我能听见你在说："他是疯子吗？竟然想要修改史上最成功的剧本？"是的，因为它非常需要改进。

事实上，《泰坦尼克号》（指詹姆斯·卡梅隆版本，不是查尔斯·巴拉克特那个更早、更出色的版本）成功了，尽管它的剧本极其苍白无力。美国电影艺术与科学学院意识到了这一点，于是授予《泰坦尼克号》几乎所有的奖项，唯独保留了最佳剧本奖，甚至连一个提名都没给。没有一个演员因为无力的剧本而获得奥斯卡奖。你可以全心全意演出，但是如果剧本不好，你的对白和角色就会软弱无力。

一部电影都没有被最佳剧本奖提名，怎么会获得最佳影片奖呢？它之所以获奖，是因为它凭借 2.5 亿美元的特效投入、史上最庞大的广告预算以及史上所有电影中最多放映场次（最多影院上映）击垮了大众，使他们屈服。

现在请记住，即使是制作一部烂片也需要大量的努力，我对任何这样做的人都感到钦佩。此外，詹姆斯·卡梅隆在加拿大安大略省北部出生长大，那里距离我的家乡只有几英里，他创作并执导了一些出色的影片，比如前两部《终结者》是有史以来制作最棒的动作影片，还有《异形》、《第一滴血 2》、《深渊》都是票房赢家。

但是《泰坦尼克号》呢？嗯……并不怎么样。

现在你可能不相信我的话，不过没关系。但是，当对《泰坦尼克号》的狂热消失之后，越来越多的电影行业专家站出来承认“有史以来最伟大的影片”回想起来实际上并没有那样伟大。

《时代》周刊列出了最受崇拜的100部电影。其中没有《泰坦尼克号》。

国际电影数据库（www.imdb.com）对编剧而言是非常宝贵的网站，它列出了优秀电影250部。其中没有《泰坦尼克号》。

美国电影学院列出了100部最佳电影名单，这也许是美国国内最受尊崇的名单。你猜对了！其中没有《泰坦尼克号》。

这并不是对卡梅隆先生的抨击，他是一位经验丰富、极其成功的编剧和导演，用他自己的话说，是“世界之王”。相反，我只是指出即使是《泰坦尼克号》这样史上经济效益最好的电影，也可以改进。所以，我会“改进”它。

使用工具

让我们来看一看《泰坦尼克号》的三大故事要素：主角和他的地位或职业、人生转折事件，以及主角的缺陷。

《泰坦尼克号》的主角是谁？事实上这一点并不明确，要么是莱昂纳多·迪卡普里奥饰演的杰克，要么就是凯特·温斯莱特饰演的露丝。这种情况很难断定主角的缺陷，但是为了方便论述，我们假设主角是露丝。

她的缺陷？噢，这里我们又遇到了另一个难题，因为她有一身缺陷。她是个娇生惯养、喜怒无常、不成熟、爱发牢骚、叛逆的人。而且，她被她的母亲说服，打算为了金钱而不是爱情嫁给一个男人，所以我猜想这里就有某种缺陷（我想到了出卖灵魂）。然而，从一开始，露丝反抗她的母亲，明确表示她不想嫁给那个有钱人。她尽一切努力去破坏这场婚事，做事不够成熟或者说欠考虑，对她的未婚夫不够坦诚。她偷偷地跟在他的后面，令他难堪，而不是勇敢地告诉他真相。

现在，选择一个缺陷吧。为什么拥有不止一个主要缺陷会造成难题呢？因为，在一部好剧本中，主角的缺陷构成故事的基础。主角如何改正缺陷或者成为它的牺牲品就是故事。它要通过整个剧本来说明。因此，如果你的主角有比如说五个主要缺陷，就像露丝一样，会怎么样？要么你并没有恰当地处理解决所有问题，要么你就制作出了一部十小时的电影，试图处理这些缺陷引发的所有故事线。这就是剧本之所以并没有得到高度评价的原因——故事的几个主要元素不确定，包括主角是谁、缺陷是什么，虽然电影本身受到了好评。

这至少向我们提供了需要改进的两个方面：主角和缺陷。让我们继续分析高概念电影的第三个主要元素：人生转折事件，它迫使主角在她的缺陷与机会之间作出选择。

实际上，电影中只有两个主要事件。露丝爱上了杰克，以及轮船沉没。

轮船沉没事件直到电影最后部分才发生，不能成为有效的人生转折事件。同样，由于她的缺陷是什么这一点不清楚，很难理解轮船沉没或者她与杰克相爱这两个事件是怎样迫使露丝在她的缺陷与某个机会之间选择的。而且，那个机会是什么也并不明了。

但是，这个剧本中也有一个高概念元素。两个人在泰坦尼克号的处女航中相爱。它很强烈，虽然没有第二幕、第三幕的展开。因此，让我们运用我们的准则，塑造一个更有力的主角、缺陷以及第一幕事件。

我们已经设定露丝是主角。她的缺陷？我们假设她的缺陷是她为了金钱放弃了唯一的真爱。假设为了金钱而结婚是她的决定（而不是她的母亲的决定）。我们就清楚了，那是她的缺陷，不是她母亲的。她不是破坏与其未婚夫的婚约，而是千方百计地把它转变成真正的婚礼，这样她就可以成为一个贵妇人，而不是一个种土豆的爱尔兰贫农的妻子。

谁是反面角色？我想，可以是她的未婚夫。或者，这个故事可以设定成反面角色与主角的盟友是同一个人。这种情况经常出现在爱情故事中，比如《当哈利遇上莎莉》。

那么，我们假设杰克既是反面角色又是主角的盟友。他反对主角将自己出卖给她有钱的未婚夫。他也是帮助她克服缺陷的最佳人选，她的缺陷，即贪婪，源于绝望和贫困的境况。

好了，《泰坦尼克号》的另一个问题是，这两个稚嫩的年轻人之间的爱情发展得太快，令人难以相信，特别是考虑到他们还不够成熟，没有阅历。我们把这一点也修改了。假设露丝年龄稍大一点，也许在 25 岁到 30 岁之间。她已与一个富有的美国人订婚。他们登上泰坦尼克号，这个有钱的未婚夫打算带她回国，举办美式婚礼。

当他们登船时，露丝看到下层社会的乘客，其中很多爱尔兰人，像放牛一样被成群赶到船上，她感到不安和愧疚。接着她看到了他：一个与她年龄相仿、高大、粗犷而英俊的爱尔兰人。这就是她为了她富有的未婚夫而抛弃的恋人，是她真正喜欢的人——用心喜欢，而不是为了钱。此时，舞台搭建好了。露丝和她的恋人之间的爱情已经存在，因此我们不必担心这个明显的事实：船上几天的时间太短，不足以发展一段可信且深刻的爱情，特别是刻骨铭心、超越生死的爱情。

于是，冲突发生在露丝的爱情与贪婪之间。

另一个冲突也已经建立起来：在我们新版本的《泰坦尼克号》中，露丝并非出身于陷入困境的家庭，而是来自与她的恋人一样的下层阶级家庭。

我们的主角下意识地选择抛弃她的阶级，以及那个阶层的人们，包括她的恋人。然而，她的恋人来了，不仅代表着被她抛弃的爱情，还代表着被她摒弃的人民、国家以及社会阶级，她为获取财富而假借了爱情之名——其实她并不爱拥有财富的那个男人。

此时，泰坦尼克（这艘轮船）实际上有了关联。你看，在此前的《泰坦尼克号》中，这艘轮船与任何事都没有关联。沉船发生得太晚，无法构成有效的第一幕事件。没有一个主要角色与这艘船有任何关系，它与主角的缺陷也无关。然而，如果主角的缺陷是让她抛弃人民的赤裸裸的贪婪，面对着世界范围的贫穷，她登上的轮船是 20 世纪贪婪的根本标志，那么，在她的缺陷、轮船、她的恋人三者之间就存在着强烈的关系。轮船变成了一个象征。

人生转折事件是什么？这个事件是她发现她的恋人在船上。为什么？因为这个事件会迫使她在贪婪和与真爱在一起的机会之间作出抉择。现在背景很有感染力：她将自身命运与有钱有权的人连在了一起，她坐在世界上最豪华轮船的甲板上，而那些贫穷的乘客，包括他的恋人，则可怜地挤在甲板下部。

这是卡梅隆先生制造的对比和冲突，这一点真是太棒了。问题是露丝的选择做得太早、太轻松，她很快就跑到甲板下边与杰克和穷人在统舱一起跳舞、聚会。

经典对白

“我的宝贝。”
——《魔戒 2：双塔奇兵》

“阿提卡！阿提卡！”
——《热天午后》

“生活就是一场宴席，弱者多半会饿死！”
——《欢乐梅姑》

“及时行乐。把握今天，孩子们。让你们的生活与众不同。”
——《死亡诗社》

在我们的剧本中，选择从来不是件简单的事。她为了保留缺陷而斗争，因为她相信她的生活依赖那个缺陷。她相信嫁给一个富有的美国人将拯救她的生活，或者至少将她从绿宝石岛乱石丛生、苔藓密布的农场的艰辛生活中拯救出来。电影的每一分钟都变成了露丝放弃她的恋人、她的人民、她的国家以及她的灵魂的有意识选择。

每当露丝看到她的恋人如牲畜般挤在底层乘客中间，而她身着华服与衣冠楚楚之人相谈甚欢时，这个时刻对她来说就成了控诉和挑战。看到她的恋人在一群贫穷、遭到恶劣对待的乘客中间，就会迫使露丝不断地在以泰坦尼克号头等舱为象征的奢华和与下等舱她唯一爱着的那个男人在一起的机会之间作出抉择。

既然露丝的恋人是一个她早已对其用情至深的人，她如此地沉浸于爱河之中就更加令人信服了。在她的恋人与成为百万富翁的妻子之间作选择让她备受折磨，也就更加可信了。我是说，让我们面对现实，究竟为什么露丝会选择一个玩世不恭、极其贫困、最大的成就是擅长吐痰的男孩，而不选择有钱又帅气的社交明星卡尔（由比利·赞恩[①]饰演）？

在我们的新版本中，当露丝最终作选择的时候，是在深沉的爱情与强烈的贪欲之间选择，而不是在奢侈的生活和跟一个没文化的顽劣青年一起生活之间选择。我们的版本中，露丝的挣扎也发生在她的过去和将来，她的人民和她自私的欲望，以及对她的文化、国家、家人和恋人的抛弃之中。

詹姆斯·卡梅隆的《泰坦尼克号》中，露丝看起来像个傻瓜一样，因为她放弃可享用终身的财富，仅仅为了与一个人一时放纵，一个她甚至都不了解的人，一个无论是经济上还是情感上都完全没有任何东西可以给予她的人。卡梅隆先生的故事中，杰克年龄不大，又不够成熟，无法提供真正的、浪漫的爱。他本质上是一个不负责任、没有文化的顽劣青年，他们在一起生活注定是贫苦不堪的悲剧。

然而，我们故事中的杰克年龄更大些，露丝与他之间有一段真实的历史，有真正的爱。更进一步，这种爱代表着露丝的人民，她的国家，甚至她自己的家人。此时，她与这个富人在一起就会失去很多东西，整个故事会更合常理，特别是如果她最后选择穷困的恋人而不是富有的未婚夫。

---

① 比利·赞恩（Billy Zane），1966 年出生，全名小威廉·乔治·泽恩（William George Zane Jr.），美国演员，被好莱坞影人形容外形神似“年轻的马龙·白兰度”。高中毕业后正式进入演艺界发展。代表作有《泰坦尼克号》。

将这个选择同此前在富有、英俊、有名的未婚夫和贫穷、半文盲、会吐痰的街头骗子之间进行选择的情况来比较一下。

我们的故事变成：一个有野心（以及绝望）的年轻爱尔兰女人，抛弃她的真爱，以及她的家人、国家和传统，为了金钱而结婚。她与未婚夫一起登上一艘豪华客轮，奔赴一场美式婚礼，却发现她的恋人跟着她登上船……踏上泰坦尼克号的处女航。

相比卡梅隆先生的版本：在泰坦尼克号的初次航行中，一个不谙世事的年轻女人与一个英俊富有的男人已经订婚，她并不爱他，开始与一个年轻的街头混混交往，这个人教她吐痰，跟她在汽车后座发生关系。

看一看此版的《泰坦尼克号》，各个要素多么支离破碎。你看出大纲有多么无力了吗？

转折事件是什么？主角的缺陷是什么？谁是主角？各个要素之间如何关联，如何引起与被引起，如何促进和激发？卡梅隆先生的版本中，各个要素在上述每个方面都未能做好。

这是我对《泰坦尼克号》的测试：从电影中引述一句难忘的台词。对这个问题我得到的唯一答案是："我是世界之王！"当听到这个回答时，我总是淡然一笑。通常说话者也会红着脸，微微一笑。

我可以在脑海里从《卡萨布兰卡》中引述十几句经典台词。《飘》、《阿甘正传》、《钢木兰花》、《来自边缘的明信片》、《心灵捕手》以及《尽善尽美》都有与它们关联的经典台词。这并不仅仅是因为对白写得更好（这是当然的）。这些电影的主旨要素之间互相联合，互相补充，由此创作出更有力、更独特的角色，给角色更有趣的场景，给演员更难忘的对白。

看一看贯穿本书始末的边栏中摘录的一些最难忘的好莱坞电影对白。其中没有一部烂电影。事实上，其中没有一句台词不是立即就能辨别出出自哪部电影、哪个角色的对白。谨记：对白源于结构以及故事各要素的相互作用。人物塑造、主题、戏剧性以及冲突也是如此。

这就是本书的内容

最后，这就是本书的主要内容。我愿意接受继续改编《泰坦尼克号》余下部分的任务吗？当然。而且，如果我是詹姆斯·卡梅隆，我是不会在意诸如罗伯·托宾此类笨蛋关于《泰坦尼克号》剧本质量的言论的。

然而，像罗伯·托宾这个笨蛋一样，我真正想做的是帮助你学习如何创作出不仅好卖，而且让我感动流泪，让我爱不释手，让我审视人生，让我想要呐喊出胜利、欢喜、气愤、恐惧、惊喜或者愤怒的剧本。

当阿甘站在他恋人的坟墓前时，我的心都碎了，她最终回到了他的身边，但却太迟了。

在《飞越未来》中，当汤姆·汉克斯蜷缩在一家廉价的汽车旅馆，一觉睡醒，从一个小男孩变成了成年人的身躯时，我有点担心。

《钢木兰花》中的人物打动了我，莎莉·菲尔德确定对于她已经逝去的女儿，自己没有错过作为母亲的任何时刻，我在此中体会到了胜利的感觉。

我在看《空前绝后满天飞》、《神枪小子》、《新科学怪人》、《富贵逼人来》的时候，从头笑到尾。

尽管我发现《拯救大兵瑞恩》中第二幕和第三幕有些漏洞，但我意识到斯皮尔伯格前半个小时的不做加工、令人震惊的战争镜头会对这部电影起到重要作用。

这就是我的希望：出现对世界产生影响的优秀剧作，不管是谁写的剧本。如果本书帮助你们当中某个人写出下一部《阿甘正传》、《心灵捕手》、《尽善尽美》或《卡萨布兰卡》，那么它将成为我人生中最珍贵的成就。

把你的心声写出来，然后把你的心声写进去——写进你的故事里、角色中、对白中、主题中。遵循创作出以下有史以来最伟大影片的准则：

《卡萨布兰卡》

《尽善尽美》

《心灵捕手》

《秘密与谎言》

《指环王》

《阿甘正传》

《钢木兰花》

《飞越未来》

《夺宝奇兵》

《星球大战》

《回到未来》

《第三类接触》

《拯救大兵瑞恩》

《记忆碎片》

《死亡幻觉》

《大寒》

《冰血暴》

《天堂可以等待》

《来自边缘的明信片》

《公主新娘》

《空前绝后满天飞》

《神枪小子》

《终结者》

……

不再一一列举。

附录 A

构思技巧

在你坐下来，真正开始创作你的剧本前，可以使用这则附录中包含的一些技巧。这些技巧是为了帮你文思泉涌，以免你拿着纸笔或者对着电脑屏幕和键盘发呆。这些技巧也可以帮助编剧克服瓶颈。

构思技巧 1： 专注的自由写作

专注的自由写作包含坐下来，笔或键盘放在手中或指下，主题在脑中，开始写作。只有一条规则，就是尽可能多地停留在主题上，无论写什么，都不要停笔——一秒钟都不可以。如果你必须写一些胡言乱语，比如“这个罗伯·托宾到底是谁，他凭什么认为这样做可以帮我写关于巴塔哥尼亚印第安人的裸体的文章?”你就把它写下来，并尽早回到主题上。

就是不要停笔!

下面是从一个自由写作的会议摘出的片段。除了删除一些咒骂之词，文章未被编辑过，完整地保留了原稿：

> 好，让我们开始：我坐在这里，不知道到底应该怎样让文章继续。星期二是截稿期限，五篇文章排着队，全都是国家杂志的约稿，而我在把玩书桌上的玩意儿，不是在写文章，凑稿酬。嘿，我喜欢这一行。好吧，我正在自由创作，因此，让我们看

看，我对这个该死的题目能说点什么。首先，我猜现在的问题是我有两个角色，在斗争我应该写什么。一个告诉我，我在两句之前写下的是废话，我应该停下，认真考虑，接着或许应该改写，或者也许我是一个不够格的作家，如果这是我所能做到最好的，我就应该放弃了。天哪，但现在无论如何，我不打算停笔，因为这正是第一个角色即编辑想要我做的事。诚然，我需要这个编辑，在合适的时间，但对于初稿，让作家掌控，让编辑走开，这一点我做得很好。现在，他在那，让我停笔，提醒我手指的疼痛，告诉我肩膀由于打字而酸痛，以及即便我坚持打字又能持续多久呢？在句末停笔非常诱人，因为那是自然的停顿的地方。但是，我会投降吗？至少等到我把这部分写完，打字稿，疼痛的肩膀，以及一切。一旦我将这部分写完，我就可以停下来，品尝我可口的香草茶，让编辑去认真琢磨我写下的东西，让那个小狄更斯去润色吧。除非，我有一个绝妙的想法，这个想法会让那个家伙彻底发疯：我打算不让那个编辑润色了，我将把它当做自由创作的例子，放到文章中，让读者看看在典型的自由创作活动中发生了什么。我想，这就是我要停笔的地方，因为现在我的页面已经有内容了，而且是这篇文章这个部分一个很好的引子，也许对整篇文章也一样。给你，你这个混蛋！

在这一个特别的章节中，我紧扣主题。但并不总有这样好的效果。有时，它得出来的要么是离题千里，要么是什么内容也没有。在那种情况下，作家会选择任何让他继续写下去的东西，甚至像这样：

“咕咕……咯咯……我感觉自己像个孩子，发出些愚蠢的声音，不让自己停止，但是任何需要我去做、能让我继续的事，我都去做。现在，我的主题是什么来着？噢，对了——墨西哥腌制食品工业作为世界农业的主力。”

在专注的自由写作中，胡言乱语是个占位符，它让你继续写作，直到你可以重新回到你的焦点上。

为什么连续写作这么重要，不论你真正在纸上写了什么？正如文中提到的，对于写作本身，实际上有两个方面：创作者和编辑。正如我的一位写作教授曾经说过，创作者将黏土放在桌子上，然后这个基础的东西可以被编辑塑形。在黏土放上桌子前，编辑是个障碍物，他试图在你还没开始前阻止你。

编辑是个完美主义者，不接受任何不够完美的事物。然而，创作者需要有可以写下一切事物的自由度，包括不完美的东西，也许甚至还包括完全蹩脚的事物。那时，而且只有那个时候，编辑才被需要，受到欢迎。

自由写作通过使编辑被写作的容量和速度转移注意力而起作用。你的那个“编辑”或许强大到让你分心，写不出任何有价值的东西，结果最初你写下成段的胡言乱语或陈词滥调。继续下去。最近，我迷恋上一篇写给《哈泼斯杂志》[①] 的文章。我用了半个小时就完成了自由写作。结果，这是我为世界上最有名望的一家杂志写过的最好的文章。如果我的编辑没有离开这家杂志社，现在，那篇文章或许都已经发表了！

你也会注意到，上文自由写作的段落不仅仅为我提供了写作素材。它还给了我一个观点，关于把实际的构思事例合并进文章主体的看法。

自由写作不只可以为你提供助力。有时，它可以给你提供完整的初稿。几个星期以前，我被指派写一个关于机场的故事。我去到机场，给能找到的一切事物记下大量笔记，在满是灰尘的角落四处探

① 《哈泼斯杂志》(*Happer's Magazine*)，1825 年创办，是美国第二大长寿的持续发行的月刊，美国有影响的政治、文学刊物，内容包括政治、时事、科学、艺术、文学作品和文艺评论。

寻，详细描述张贴在墙壁上的画有各种衣着暴露的女子的日历和海报。我似乎写满了笔记本中的无数页。

当我回到家的时候，正打算回顾我的笔记，一时心血来潮，我决定专注于自由写作，只当做热身。我不是热身，而是完成了，在半个小时的自由写作中写完了整篇文章。除了在证实一些统计数据和引言时，我从没用过那些笔记。那篇文章出版了，而且反响很好，杂志社寄给我的支票也不赖。对于半个小时的“废话写作”来说，还挺不错。

如果你脑海中连一个主题都没有，怎么办？那就用一下笔尖风暴。

构思技巧 2：　笔尖风暴

我第一次接触笔尖风暴是在多年前参加的一个金融研讨会上。研讨会的会长让我们手中拿着笔，开始写东西。没有规则或指示，除了不能停下来，停一会儿也不行，直到她让我们停。本质上，这是一种自由写作，但不用受集中于某个主题的限制。十五分钟结束后，在座的没有一个人看着页面上的事实和观点不感到震惊的。

笔尖风暴看起来或许太杂乱无序，无法提供给作家任何有价值的东西。然而事实上，笔尖风暴允许完全的自由，这一点使它成为很有价值的技巧，特别是对于那些在寻找写作主题的作家。

在自由写作中，不能跑题的限制帮助作家创作出一些针对他正在写作的文章的东西，但也限制了他发现新的主题。笔尖风暴允许作家随意想象，从严肃的事物到荒谬的事物，从一个主题到另一个主题。

自由写作和笔尖风暴影响了以下这一准则，即我们总是说些有价值的东西。然而有时，我们显意识的一部分成为了潜意识的稽查，阻止有意义的想法从我们的潜意识中产生。

笔尖风暴使潜意识稽查忙着处理身体的写作过程，使得那些有价值的想法就这样直接溜到纸张上。你还不知道时，它就出现了，从原先空白的页面上盯着你看：一则概要，“你想了解沙特阿拉伯的一切，但是又害怕必须先成为穆斯林才能有所发现。”

提醒一句：笔尖风暴（有时还有自由写作）可以释放我们的许多潜意识，那是我们并不总是急于记起或发现的事物。值得欣慰的是，这些时而可怕的意识往往能够形成真正有感染力的写作的基础。当我在写投给《哈泼斯杂志》那篇文章时，我运用专注的自由写作手法，发现自己在挖掘特别痛苦的记忆，那些记忆我二十多年来都没有触及过。我没有压制这些恐惧，而是让自己充分体会，然后将其融入文章中。结果是我得到了几个动人的段落，这将整个文章提升到一个新的层次，这篇文章后来成为一部获奖剧本的一部分。

构思技巧 3：复制风格

如果你在寻找热身写作，而不是助推写作，复制风格可以很好地帮助你。复制风格需要从造诣高深的作家的作品中复制段落、用词。这么做的目的不是剽窃，而是去感受精湛的创作。

职业运动员早已得知，仿效是取得出色成绩的最可靠方法。网球运动员观看训练影片，反反复复地练习完美挥拍，他闭目而坐，想象正手扣球的画面。

研究自我完善的专家支持在周围放置你想要的东西的做法：试驾那辆奔驰，试穿那件漂亮的外套，阅读关于财富和成功的杂志，不久之后这些就会属于你。

复制风格也是同样的道理：经常模仿完美作品，很快你就会在自己的写作中体验到那种完美。这有点像这句陈词滥调：“仿造，直到能够创造。”你或许并不能意识到你的写作得到了提升，但是当你遇到难以应付的问题时，或许你轻轻松松就通过了，此时运用的就是你在复制风格的过程中碰到的某种技巧。

构思技巧 4：谁在第一位？

新闻工作者信奉“五个 W，一个 H”：何人，何时，何事，何地，何故，以及怎么样。[①]

这个技巧保证了一则新闻故事的各个方面都被涵盖进去，从发生了什么事到牵涉到什么人。从小说到非虚构，甚至到诗歌，这一技巧在各种写作中都十分宝贵。毕竟，创作（任何形式的创作）都是为了传达信息。

运用“五个 W，一个 H”方法可以保证故事包含读者所需的所有信息。即使读者并不是有意识地辨别一个故事中牵涉的每个要素，但是如果他们弄不清楚为什么角色 X 在摩洛哥努力寻找角色 Y，或者你诗歌的中心到底是什么就麻烦了。

“五个 W，一个 H”也可以被用做构思技巧。如果你脑海中有一个主题，可以运用这一技巧聚焦、发展那个主题。一旦你明白了这个文章、故事或诗歌是关于谁的，一个事件发生的内容、方式、时间、地点、原因，你就拥有了一个坚固的框架来放置你的故事。

如果你仍然需要选择一个主题，你可以将随机的元素插入每个问题中，直到想出合适的主意。这当然是对早已有之的“如果……会怎么样”技巧的详细阐述。

因此，你可以在创作你的初稿之前或之后使用这一技巧：之前，想出主意或者框架；之后，确保你的信息和焦点恰当合适。

---

① 即 who，when，what，where，why，how。

附录 B

改编小说，
搬上银幕

目前，我的职业主要是一位剧作家。但我最初是一个小说家，在剧本创作的生涯中，我为一家知名的制片公司改编了我自己的两部小说，还有一部其他作者的畅销小说。三个项目都在制作前期的地狱阶段夭折了，但是我从中学到了一些东西，或许对你将一部小说搬上大（或者小）银幕有帮助。

你改编一部小说的方式取决于你是在改编自己的作品还是其他人的小说。如果你改编的是其他人的作品，投资方或者小说作者也许会提前为你作出一些选择。

比如，你可能感觉某个角色是主角，而小说作者或制片人可能把另一个角色当做主角。甚至，你可能认为小说的某条故事线是“真正”需要讲述的故事，但你的老板以及（或者）小说作者相信主要的故事线是你根本不感兴趣的那条。

这其中没有“规则”。如果你有足够的影响力，你或许能够改变你老板的想法。否则，他们付钱，你就要听他们的。不然，他们就付钱给其他人——指使其他人那么做。

一部小说比一部剧本篇幅大得多，往往包括不止一个主角或反面角色，在很多地方有多条故事线，甚至多个时间段。很有必要在这些各种各样的元素中进行选择。

另一个可能出现的难题是，使用散文作为小说中的主要元素；媒介变成了信息。一部没有主题但文字优美的小说仍可能有商业价值，只因为语言本身的美。你可以创作一部意识流小说，但是只包括一些内心独白、哲理、心理状态、象征、内心焦虑、悔恨——这些没有一个可以在银幕上充分展示出来。

注意：仅靠散文之美可以用来卖出一本书，但是不能用来卖电影。

《断背山》是一个很好的例子。当我阅读它的剧本时，我的反应是它相当好（不是很棒，也不是很好，而是相当好）。然后我看了电影，我吃惊地发现它是多么疲软无力。我不得不重读剧本，才意识到写作的很多力量是在叙述上，而不是对白或情节。叙述无法展现到屏幕上，除非有画外音，但这很难实现。此外，导演很无力，这也使我很意外，因为珠玉在前，我们知道李安的声望和以前的成功。

在剧本中，叙述包括对角色真实样子的描述，强调面部表情和微妙的反应。实际上，它占据了对白的位置。（故事片中对白很少。）他们中的一位作家，传奇的拉里・麦克穆特瑞①（代表作有《母女情深》、《寂寞之鸽》、《原野铁汉》、《最后一场电影》等）承认这是一部关于不太说话的人们（牛仔们）的电影。（现在关于故事的可行性有了一个重要线索：没有对白！）他们不怎么表达感情。他们不怎么交流。因此麦克穆特瑞和他的搭档黛安娜・奥萨纳用叙述来弥补。

这种方式或许在无声电影或哑剧中有效。但是在一部现代故事片中呢？嗯……或许不太好。

是的，这部影片获得了一项奥斯卡提名，这是一部电影所能赢得的最知名的奖项。是的，编剧赢得了最佳改编剧本奖。然而，这部影片在票房收入上表现糟糕，除影片质量外，奥斯卡的认可在很大程度

---

① 拉里・麦克穆特瑞（Larry McMurtry），1936年出生，美国编剧、制片人。1972年的《最后一场电影》获第44届奥斯卡金像奖最佳改编剧本奖提名；《断背山》获2006年第78届奥斯卡金像奖最佳改编剧本奖。

上基于电影富有争议的、政治上正确的同性恋情主题。若是这部电影以一男一女做主角，我严重怀疑它是否有被制作出来的机会，更不用说得到提名了。这部影片不是关于人的，而是关于一个议题的。

重点是你需要给你的观众提供一些可以看、可以听的东西。正如我在本书之前提到的，如果有一个女人坐在石头上思考她的人生，那或许是一个极其动人的内心场景——但是这并不能使它成为一部动态影片。将一部小说搬上大银幕，就必须充满各种活动。

那种内省的写作通常不能搬上大银幕，我最喜欢列举的例子是托马斯・沃尔夫①创作的小说，比如《天使，望故乡》以及《你不能再回家》。这些经典书籍的魅力在于叙述的文采，因为，请相信我，什么也没有发生。这样可以侥幸使一部小说成功，但是剧本不行——很显然，除非你是拉里・麦克穆特瑞，而且你的角色中至少有两个人是同性恋。

斯蒂芬・金②的小说比起沃尔夫、品钦③甚至诺贝尔奖得主斯坦贝克④和福克纳⑤的作品更适合搬上银幕。这是因为金的作品是视觉

---

① 托马斯・沃尔夫（Thomas Wolfe），1900—1938 年，第一位超越地区而广受好评的美国作家。如果不是过早去世，他很有可能成为美国最优秀的作家，他基本上是写自己的小说家，风格非常细腻。

② 斯蒂芬・金（Stephen Edwin King）：1947 年出生，是一位作品多产、屡获奖项的美国畅销书作家。以恐怖小说著称，他的作品还包括科幻小说、奇幻小说、短篇小说、非虚构、影视剧本及舞台剧剧本。大多数作品都曾被改编成电影、电视连续剧和漫画等。代表作有《闪灵》、《肖申克的救赎》、《绿里奇迹》、《尸骨袋》。2003 年获美国文学杰出贡献奖章。

③ 即小托马斯・鲁格斯・品钦（Thomas Ruggles Pynchon，Jr），1937 年出生，美国作家，以写晦涩复杂的后现代主义小说著称。长篇小说有《V.》、《叫卖第 49 组》、《万有引力之虹》、《葡萄园》、《梅森和迪克逊》和《抵抗白昼》。品钦被许多读者和批评家视作当代最优秀的作家之一。他是麦克阿瑟奖和布克奖获得者，并几度获诺贝尔文学奖提名。

④ 即约翰・斯坦贝克（John Steinbeck），1902—1968 年，20 世纪美国最有影响力的作家之一。他熟悉社会底层的人们，创造了“斯坦贝克式的英雄”形象。将写实风格与幻想风格有机地结合起来，对后来美国文学，尤其是西部文学的发展产生重大的影响。其代表作有小说《人鼠之间》、《愤怒的葡萄》、《珍珠》、《伊甸之东》等。1962 年凭借《人鼠之间》获得诺贝尔文学奖。

⑤ 即威廉・福克纳（William Faulkner），1897—1962 年，美国文学史上最具影响力的作家之一，意识流文学在美国的代表人物，代表作有《喧哗与骚动》、《我弥留之际》、《押沙龙，押沙龙!》。1949 年诺贝尔文学奖得主。

的，有一个牢固的中心故事线，环绕一个描绘清晰的主角，通常还有一个描绘清晰的反派人物。

注意：复杂的小说，或者依赖作者散文水平的小说，很少被搬上银幕。即使真的搬上了银幕，它们常常表现欠佳。

想想看，有多少连环漫画被拍成电影，相比之下，又有多少普利策奖获奖小说被改编后搬上银幕，你就会明白了。

粗制滥造的哥特式言情小说《飘》和哈利·波特儿童文学比伟大的俄罗斯小说家们富有感染力但却黑色复杂的作品要在商业上成功许多。你是愿意从契诃夫的《樱桃园》得到稿酬，还是从斯坦·李的《蜘蛛侠》系列电影获取收入呢？

因此，首先决定你的小说是否适合改编。如果它是 30 万字、偏散文的小说，有多条故事线和数以千计的角色，改编或许就不可行。

这是一个测试：你可以为你的小说创作一个情节概要吗？

如果你不能为你想要改编的小说写一个情节概要，你或许在识别主要元素方面有问题——或许有太多主要元素，或者太少了（遗漏了一些元素）。

以识别小说的主要元素开始，完成你的情节概要。或许需要创作“混合角色”和“混合故事线”——换句话说，将多余的故事要素结合起来。

如果你的小说有多个主角，可能你会有几个人生转折事件、几个反面角色、几个盟友等。你必须选择，哪个事件推动着你想要讲述的故事向前发展。这是很重要的一点——在某种程度上，你在讲述一个与小说中不一样的故事。或者说，至少，你在讲述小说叙述的其中一个故事。

注意：你或许会得到一个完全不一样的故事。不要害怕这种可能性。但是，做出改变的目的只能是为了在银幕上尽可能有效地表达这个故事。

底线是你需要竭尽全力，使得小说家的故事在银幕上产生效果。这又取决于小说作者以及（或者）制片人给你多大权限。

祝你好运。记住，如果是在蜘蛛侠和阿伽门农之间选择，就选蜘蛛侠。

上面的文章原载于《剧本杂志》。

附录 C

影视作品中文译名对照表

《101 只斑点狗》（101 *Dalmations*）

《E. T. 外星人》（*E. T. the Extra-Terrestrial*）

《阿波罗 13 号》（*Apollo* 13）

《阿甘正传》（*Forrest Gump*）

《爱虫》（*The Love Bug*）

《邦蒂富尔之行》（*The Trip to Bountiful*）

《百万美元宝贝》（*Million Dollar Baby*）

《蝙蝠侠：侠影之谜》（*Batman Begins*）

《冰血暴》（*Fargo*）

《不忠诱罪》（*Unfaithful*）

《卡萨布兰卡》（*Casablanca*）

《查理》（*Charlie*）

《长毛检察官》（*The Shaggy D. A.*）

《超人》（*Superman*）

《沉默的羔羊》（*Silence of the Lambs*）

《吹牛顾客》（*Bulworth*）

《大白鲨》（*Jaws*）

《大话王》（*Liar Liar*）

《大寒》（*The Big Chill*）

《大人物乔》（*Joe Somebody*）

《大审判》（*The Verdict*）

《大逃亡》（*The Great Escape*）

《大玩家》（*The Player*）

《第三类接触》（*Close Encounters of the Third Kind*）

《第一滴血》（*Rambo：First Blood，Part* Ⅱ）

《电影人生》（*Majestic*）

《电子情书》（*You've Got Mail*）

《断背山》（*Brokeback Mountain*）

《当哈利遇上莎莉》（*When Harry Met Sally*）

《独立日》（*Independence Day*）

《都市》（*Metro*）

《夺宝奇兵》（*Raiders of the Lost Ark*）

《俄狄浦斯王》（*Oedipus Rex*）

《飞天老爷车》（*The Absent Minded Professor*）

《飞越未来》（*Big*）

《富贵逼人来》（*Being There*）

《甘地传》（*Gandhi*）

《钢木兰花》（*Steel Magnolias*）

《改编剧本》（*Adaptation*）

《哥斯拉》（*Godzilla*）

《公主新娘》（*The Princess Bride*）

《光荣》（*Glory*）

《锅盖头》（*Jarhead*）

《哈德森之鹰》（*Hudson Hawk*）

《虎胆龙威》（*Die Hard*）

《婚礼傲客》（*Wedding Crashers*）

《火线阻击》（*In the Line of Fire*）

《回到未来》（*Back to the Future*）

《记忆碎片》(*Memonto*)

《尽善尽美》(*As Good as It Gets*)

《荆棘鸟》(*The Thorn Birds*)

《卡萨布兰卡》(*Casablanca*)

《空前绝后满天飞》(*Airplane!*)

《来自边缘的明信片》(*Postcards from the Edge*)

《离开拉斯维加斯》(*Leaving Las Vegas*)

《硫磺岛浴血战》(*The Sands of Iwo Jima*)

《龙卷风》(*Twister*)

《洛奇》(*Rocky*)

《麦克白》(*Macbeth*)

《美丽心灵》(*A Beautiful Mind*)

《美丽心灵的永恒阳光》(*Eternal Sunshine of the Spotless Mind*)

《秘密与谎言》(*Secrets & Lies*)

《慕尼黑惨案》(*Munich*)

《骗中骗》(*The Sting*)

《全金属外壳》(*Full Metal Jacket*)

《拳台血泪》(*Requiem for a Heavyweight*)

《人鬼情未了》(*Ghost*)

《荣归》(*Coming Home*)

《神秘村》(*The Village*)

《神枪小子》(*Blazing Saddles*)

《神探飞机头》(*Ace Ventura：Pet Detective*)

《深渊》(*The Abyss*)

《十二金刚》(*The Dirty Dozen*)

《世贸中心》(*World Trade Center*)

《十三号星期五》(*Friday the Thirteenth*)

《死亡幻觉》(*Donnie Darko*)

《苏菲的选择》(*Sophie's Choice*)

《天涯赤子心》（*The Champ*）

《泰坦尼克号》（*Titanic*）

《天堂可以等待》（*Heaven Can Wait*）

《挑战者》（*The Challenge*）

《铁钩船长》（*Hook*）

《通天神偷》（*Sneakers*）

《亡命天涯》（*The Fugitive*）

《为黛西小姐开车》（*Driving Miss Daisy*）

《午夜牛郎》（*Midnight Cowboy*）

《小鬼当家》（*Home Alone*）

《辛德勒的名单》（*Schindler's List*）

《新科学怪人》（*Young Frankenstein*）

《心灵捕手》（*Good Will Hunting*）

《星球大战》（*Star Wars*）

《选美俏卧底》（*Miss Congeniality*）

《伊斯达》（*Ishtar*）

《异形》（*Aliens*）

《雨人》（*Rain Man*）

《哥斯拉》（*Godzilla*）

《战火屠城》（*The Killing Fields*）

《拯救大兵瑞恩》（*Saving Private Ryan*）

《指环王》（*The Lord of the Rings*）

《致命武器》（*Lethal Weapon*）

《终结者》（*Terminator*）

《撞车》（*Crash*）

《紫色》（*The Color Purple*）

《最后一场电影》（*The Last Picture Show*）

“创意写作书系”介绍

这是国内首次系统引进国外创意写作成果的丛书，它为读者提供了一把通往作家之路的钥匙，帮助读者克服写作障碍，学习写作技巧，规划写作生涯。从开始写，到写得更好，你都可以使用这套书。

从书书目

书名	作者	出版日期	阅读参考
《自我与面具：回忆录写作的艺术》	玛丽·卡尔	2017 年 10 月	非虚构写作
《新闻写作的艺术》	纳维德·萨利赫	2017 年 6 月	非虚构写作
《回忆录写作》（第二版）	朱迪思·巴林顿	2014 年 6 月	非虚构写作
《写出心灵深处的故事》	李华	2014 年 1 月	非虚构写作
《写作法宝》	威廉·津瑟	2013 年 9 月	非虚构写作
《故事技巧》	杰克·哈特	2012 年 7 月	非虚构写作
《开始写吧！——非虚构文学创作》	雪莉·艾利斯	2011 年 1 月	非虚构写作、练习
《从生活到小说》（第二版）	罗宾·赫姆利	2018 年 1 月	虚构写作
《小说写作：叙事技巧指南》	珍妮特·伯罗薇 等	2017 年 10 月	虚构写作
《成为小说家》	约翰·加德纳	2016 年 11 月	虚构写作
《小说创作谈》	大卫·姚斯	2016 年 11 月	虚构写作
《如何创作炫人耳目的对话》	詹姆斯·斯科特·贝尔	2016 年 11 月	虚构写作
《小说创作技能拓展》	陈鸣	2016 年 4 月	虚构写作
《故事力学》	拉里·布鲁克斯	2016 年 3 月	虚构写作
《写小说的艺术》	安德鲁·考恩	2015 年 10 月	虚构写作
《弗雷的小说写作坊：悬疑小说创作指导》	詹姆斯·N. 弗雷	2015 年 10 月	悬疑写作
《弗雷的小说写作坊：让劲爆小说飞起来》	詹姆斯·N. 弗雷	2015 年 7 月	虚构写作
《弗雷的小说写作坊：劲爆小说秘境游走》	詹姆斯·N. 弗雷	2015 年 7 月	虚构写作
《故事工程》	拉里·布鲁克斯	2014 年 6 月	虚构写作
《冲突与悬念》	詹姆斯·斯科特·贝尔	2014 年 6 月	虚构写作
《情节与人物》	杰夫·格尔克	2014 年 6 月	虚构写作
《30 天写小说》	克里斯·巴蒂	2013 年 5 月	虚构写作
《情节！情节！》	诺亚·卢克曼	2012 年 7 月	虚构写作
《开始写吧！——虚构文学创作》	雪莉·艾利斯	2011 年 1 月	虚构写作、练习

《小说写作教程》	杰里·克利弗	2011年1月	虚构写作
《开始写吧！——推理小说创作》	劳丽·拉姆森	2016年7月	推理写作、练习
《开始写吧！——科幻、奇幻、惊悚小说创作》	劳丽·拉姆森	2016年1月	科幻写作、练习
《网络文学创作原理》	王祥	2015年4月	网络文学写作
《好剧本如何讲故事》	罗伯·托宾	2015年3月	剧本写作
《开始写吧！——影视剧本创作》	雪莉·艾利斯	2012年7月	剧本写作、练习
《写我人生诗》	塞琪·科恩	2014年10月	诗歌写作
《心灵旷野：活出作家人生》	纳塔莉·戈德堡	2018年1月	综合指导
《来稿恕难录用：为什么你总是被退稿》	杰西卡·佩奇·莫雷尔	2018年1月	综合指导
《大学创意写作·应用写作篇》	葛红兵　许道军主编	2017年10月	综合指导
《大学创意写作·文学写作篇》	葛红兵　许道军主编	2017年4月	综合指导
《从创意到畅销书：修改与自我编辑》	詹姆斯·斯科特·贝尔	2016年1月	综合指导
《写作是什么：给爱写作的你》	克莉·梅杰斯	2015年10月	综合指导
《故事工坊》	许道军	2015年5月	综合指导
《经典情节20种》（第二版）	罗纳德·B. 托比亚斯	2015年4月	综合指导
《写好前五十页》	杰夫·格尔克	2015年1月	综合指导
《作家创意手册》	杰克·赫弗伦	2015年1月	综合指导
《经典人物原型45种》（第三版）	维多利亚·林恩·施密特	2014年6月	综合指导
《创意写作教学》	伊莱恩·沃尔克	2014年3月	综合指导
《你的写作教练》（第二版）	于尔根·沃尔夫	2014年1月	综合指导
《诗性的寻找》	刁克利	2013年10月	综合指导
《创意写作大师课》	于尔根·沃尔夫	2013年7月	综合指导
《一年通往作家路》	苏珊·M. 蒂贝尔吉安	2013年5月	综合指导
《写好前五页》	诺亚·卢克曼	2013年1月	综合指导
《畅销书写作技巧》	德怀特·V. 斯温	2013年1月	综合指导
《成为作家》	多萝西娅·布兰德	2011年1月	综合指导
创意写作书系（青少版）			
《写作魔法书——让故事飞起来》	加尔·卡尔森·莱文	2014年6月	故事写作
《写作魔法书——妙趣横生的创意写作练习》	白铅笔	2014年6月	练习

创意写作书系·青少年系列

《会写作的大脑》（套装四册）

作者：【美】邦妮·纽鲍尔 出版时间：2018年6月

《会写作的大脑1·梵高和面包车（修订版）》

这是一本给青少年的创意写作练习册，包括100个趣味写作练习，它将帮助你尽快进入写作，并养成写作习惯。你只需要一支笔和每天十分钟，就可以加入这个写作训练营了。

《会写作的大脑2·怪物大碰撞（修订版）》

本书包含了100个充满创意、异想天开的写作练习，帮助你迅速进入状态，并且坚持写作。你在开始写作时遇到过困难吗？以后不会了！拿起这本书，释放你内心的作家自我吧！

《会写作的大脑3·33个我（修订版）》

在这本书中，你会用各种各样的工具、用各种各样的姿势、在各种各样的地方写作。它将帮助你向内探索，把自己的生活写成故事。

《会写作的大脑4·亲爱的日记（修订版）》

本书是那些需要点燃或者重启写作灵感的人的完美选择。无论何时、何地，只要你翻开这本书，开始动笔跟着练习去写，它都能激发你的创造力，给你的写作过程增加乐趣，并帮助你深入生活、形成自己的创作观。

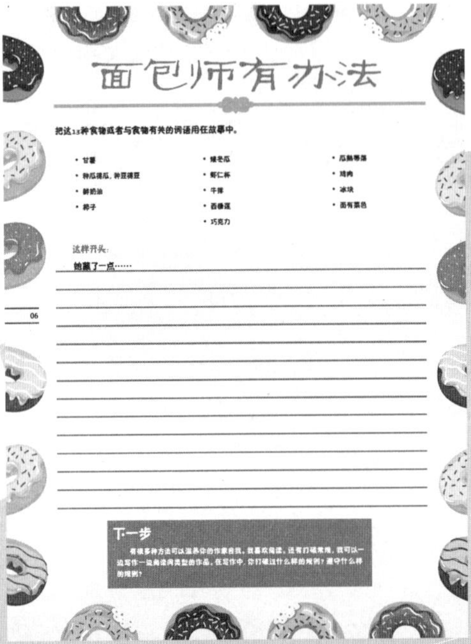

面包师有办法

把这13种食物或者与食物有关的词语用在故事中。

- 甘薯
- 种瓜得瓜，种豆得豆
- 鲜奶油
- 柿子
- 矮冬瓜
- 虾仁杯
- 牛排
- 西番莲
- 巧克力
- 瓜熟蒂落
- 鸡肉
- 冰块
- 面有菜色

这样开头：

她藏了一点……

06

下一步

有很多种方法可以滋养你的作家自我。我喜欢阅读，还有打破常规，我可以一边写作一边阅读同类型的作品。在写作中，你打破过什么样的规则？遵守什么样的规则？

门镜

你从前门的门镜往外看，看到一家人。

写一个故事，这样开头：

有时候我希望我来自一个小家庭……

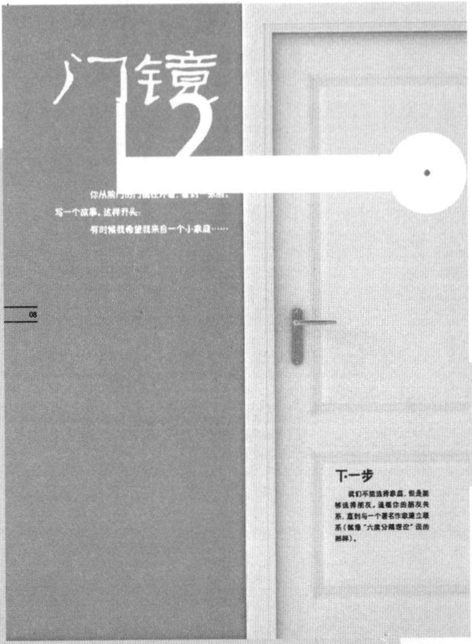

08

下一步

我们不能选择家庭，但是能够选择朋友。追踪你的朋友关系，直到与一个著名作家建立联系（就像“六度分隔理论”说的那样）。

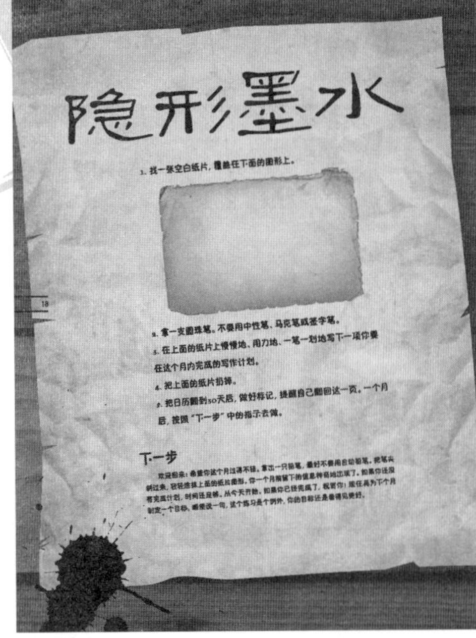

隐形墨水

1. 找一张空白纸片，覆盖在下面的图形上。
2. 拿一支圆珠笔，不要用中性笔、马克笔或签字笔。
3. 在上面的纸片上慢慢地、用力地、一笔一划地写下一项你要在这个月内完成的写作计划。
4. 把上面的纸片扔掉。
5. 把日历翻到30天后，做好标记，提醒自己翻回这一页。一个月后，按照“下一步”中的指示去做。

18

下一步

欢迎回来！希望你这个月过得不错。拿出一只铅笔，最好不要用自动铅笔，把笔尖斜过来，轻轻涂抹上面的纸片图形，你一个月前留下的信息神奇地出现了。如果你还没有完成计划，时间还足够。从今天开始，如果你已经完成了，祝贺你！现在再为下个月制定一个目标。顺便说一句，这个练习是个例外，你的目标还是要得见更好。

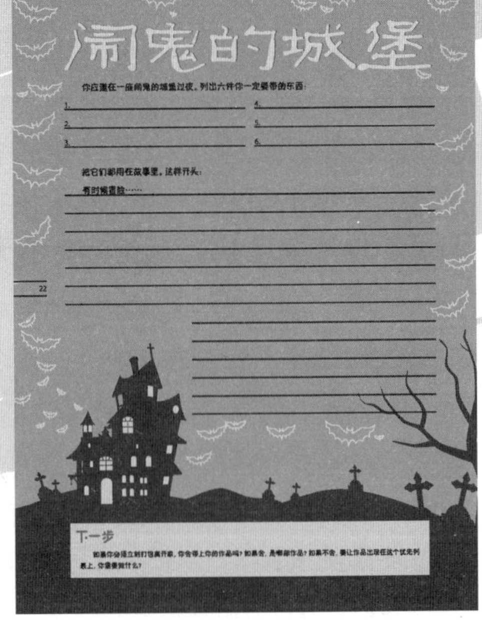

闹鬼的城堡

你应邀在一座闹鬼的城堡过夜，列出六件你一定要带的东西：

1.
2.
3.
4.
5.
6.

把它们都用在故事里，这样开头：

有时候露脸……

22

下一步

如果你必须立刻打包离开家，你会带上你的作品吗？如果会，是哪部作品？如果不会，要让作品出现在这个优先列表上，你需要做什么？

图书在版编目（CIP）数据

好剧本如何讲故事/（美）托宾（Tobin，R.）著；李子译．—北京：中国人民大学出版社，2015.1

（创意写作书系）

ISBN 978-7-300-20713-1

Ⅰ.①好…　Ⅱ.①托…②李…　Ⅲ.①剧本-创作方法　Ⅳ.①I053

中国版本图书馆CIP数据核字（2015）第012454号

创意写作书系

好剧本如何讲故事

罗伯·托宾　著

李子　译

Hao Juben Ruhe Jiang Gushi

出版发行	中国人民大学出版社		
社　　址	北京中关村大街31号	**邮政编码**	100080
电　　话	010－62511242（总编室）		010－62511770（质管部）
	010－82501766（邮购部）		010－62514148（门市部）
	010－62515195（发行公司）		010－62515275（盗版举报）
网　　址	http://www.crup.com.cn		
	http://www.ttrnet.com(人大教研网)		
经　　销	新华书店		
印　　刷	天津中印联印务有限公司		
规　　格	160 mm×235 mm　16开本	**版　　次**	2015年3月第1版
印　　张	12插页1	**印　　次**	2018年12月第3次印刷
字　　数	140 000	**定　　价**	32.00元